나를 뺀 세상의 전부

김소연 산문집

나를 뺀 세상의 전부

마음의숲

차례

봄 이야기
비밀 기지

여름 이야기
최초의 경험

가을 이야기
꿈 끝의 골목

다시 겨울 이야기
한마디를 이해하는 밤

책머리에

유년시절엔 같은 동네 애들이 친구가 됐다. 십 대 때에는 취향이 같은 애들이 친구가 됐고, 이십 대에는 같은 생각과 같은 입장을 가진 사람과 친구가 됐다. 그 후엔 같은 길을 걷는 이들과 가깝게 지냈다.

그러나 지금은 그런 것들을 중요하게 여기지 않게 됐다. 그 사람이 무얼 하며 살고 있는지에 더 끌리게 됐다. 자신의 손과 발을 움직여 무언가를 만드는 사람을 더 신뢰하게 됐다. 손과 발을 움직여 실천하고 있는 이들은 자신의 세계를 오로지 보여줄 뿐이다. 삶 자체가 오롯이 주장이다.

고개를 끄덕이며 누군가의 주장을 듣고 있을 때보다 누군가의 하루를 지켜보다 가만히 고개를 끄덕이게 될 때에 더 크게 설득되고 더 큰 경이감이 찾아온다. 그럴 때마다 나도, 되도록 생각한 바와 주장하는 바를 글로 쓰지 않고, 다만 내가 직접 만났거나 직접 겪었던 일들만을 글로 써보고 싶어졌다. 나를 뺀 세상의 전부, 내가 만난 모든 접촉면이 내가 받은 영향이며, 나의 입장이자 나의 사유라는 걸 믿어보기로 했다.

이 사소한 하루하루를 읽고서 누군가는 부디 자신을 둘러싼 타인과 세상을 더 멀리까지 둘러보게 되었으면 좋겠다. 누군가의 하루하루가 차곡차곡 쌓여서 언젠간 아주 먼 곳까지 다가갈 수 있다는 걸 끝까지 믿으며 살아가고 싶다.

2018년 12월

장롱 속 크리스마스 오너먼트들을 꺼낸 날에

김소연

겨울 이야기

인간의 사랑할 만한 점

간절한
순간

기타가 갖고 싶다고 지나가듯 던진 내 말에, 음악하는 친구가 집에 남는 기타가 있다며 선물로 주었다. 뮤지션처럼 기타를 짊어지고 집에 돌아왔다.

기타 가방의 지퍼를 열었다. 조심스레 기타를 꺼내 안아보았다. 쿠션을 안듯 꼭 안고 가만히 앉아 있었다. 노래가 부르고 싶었지만, 생각나는 노래가 없었다. 부를 줄 아는 노래를 기타로 뚱땅뚱땅 칠 수 있으려면 어찌해야 하는지 생각했다.

좋아하는 사람을 만나러 신나게 나갔다가 말 한마디 제대로 못 하고 앉아 있는 사람처럼, 오도카니 앉아만 있었다. 두어 시간 정도가 흘렀다. 기타를 다시 가방에 넣어두고도 싶었지만, 아쉬운 마음에 그냥 안고서 쓰다듬고 있었다. 그러다, 알고 있던 쉬운 코드 몇 가지로 노래를 지어내 부르게 되었다. 즉흥 자작곡이 흘러나오는 내 입술도, 즉흥 자작곡에 즉흥 연주를 맞추고 있는 어설픈 내 손가락도 신기하기만 했다.

이번에는 가사도 살짝 바꾸고 없던 후렴구도 보탰다. 노래 제목도 만들었다. 제목마저 갖추고 나니 마냥 뿌듯해졌다. 내가 노래를 만들었다는 사실을 그제야 인지했다. 계속 계속 반복해서 불렀다.

할 줄은 모르지만 정말 하고 싶은 간절한 순간에, 그 마음 그대로 오래오래 앉아 있기만 해도 저절로 하게 되는 기적의 순간이 온다는 걸, 예전에도 경험한 적이 있다. 시를 쓰는 일도 그렇게 시작을 했더랬다. 정말 쓰고 싶어 빈 종이 앞에 밤새워 앉아 있었다. 그러다 나도 모르게 연필을 들었다.

상관 쓰여요

지인의 개인전 오프닝 행사가 있던 날, 꽃다발을 들고 찾아온 최연소 손님이 있었다. 지인이 도서관에서 미술을 가르칠 때 만났던 다섯 살 아이라 했다. 아이의 엄마는 낯을 가려 엄마 뒤에 숨는 아이를 쓰다듬으며, 이 아이가 태어나 처음 갤러리 나들이를 하는 거라 말했다. 다 함께 저녁식사를 하러 갈 때, 그 아이와 엄마도 동석했다.

아이는 식당 한 켠에 앉아 숟가락을 손에 꼭 쥔 채로, 입을 반쯤 벌리고 골똘하게 사람들을 구경했다. 귓바퀴를 따라 혹은 콧망울이나 입술에다 피어싱을 한 사람, 초록색으로 염색한 머리카락을 닭벼슬처럼 세운 사람, 욕설을 섞으며 대화를 나누다 깔깔 웃는 사람. 아이는 미간을 찡그리며 그 사람들을 바라보았다.

마음이 쓰여 아이 앞에 반찬을 내밀어주었다.

"이상해 보여?" 일행 중 누군가가 아이에게 말을 걸었다. 아이는 눈을 깜박이다 고개를 가로저으며 웃었다. 그러곤 "상관 쓰여요" 하고 대답했다. 나는 애써 웃음을 참았다. 그리고 내내 아이의 말을 곱씹었다.

상관없다고 말해주고 싶은 의젓함과 실은 신경 쓰인다고 고백하고 싶은 속내가 동시에 표출된 표현이었다. 나는 삐져나오는 웃음을 어쩌지 못한 채로, 그 아이가 무사히 밥을 다 먹을 수 있게 반찬을 챙겨주었다.

갓 자유자재로 말을 구사하기 시작했지만 언어적 관습에는 아직 길들여지지 않은 이 다섯 살은, 자신의 야릇한 심정을 대변해줄 표현을 이렇게나 순식간에 발명할 수 있구나 싶었다.

그런
어른

사는 일이 너무 지겹고 내가 속한 제도권이 너무 갑갑해서 어떤 무모한 도모를 하려고 마음을 먹은 적이 있다. 도모를 하다 보니 서서히 겁이 나기 시작했다. 그때 한 선생님과 마주앉아 차를 마시면서 내 계획을 말로 꺼내어 의논을 할까 말까 망설이다가 이렇게 입을 열었다. "선생님, 만약에 내가 너무 욕심을 내서 어떤 일을 하려고 들면 저 좀 말려주세요." 왜 그런 식으로 말을 꺼냈는지 그때 내가 어떤 마음이었는지 지금은 잘 기억나지 않는다. 어쩌면 선생님께서 더 듣고 싶어하시면 미주알고주알 이야기를 할 심사였는지도 모르겠다.

선생님은 내 얘기를 더 들으려 하지 않으셨다. 다만 "말리지 않을래요. 그냥 하고 싶은 거 있음 해요. 대신 엉망이 되면 옆에

있어는 줄게요"라고 말씀하셨다. 선생님의 눈은 나를 정면으로 선명하게 바라보고 있었다. 그냥 해주는 말이 아니라 해야 할 말을 하고 계신다는 게 눈빛으로 전달이 되었다. 그 눈빛은 내게 내내 선물이 되었다. 잘할 것 같은 자신감이 아니라 잘하지 않아도 괜찮을 것 같은 느낌이 든든함이 될 수 있다는 걸 처음 알았다. 나는 하고 싶은 대로 했고 다행히 엉망이 되지 않았다. 선생님은 옆에 있어줄 필요도 없었다.

모험을 감행할 때마다 함께 아슬아슬해하며 가슴을 졸이는 부모를 보며 내가 부모의 상처가 되고 있는 것이 아닌가 싶은 불안 같은 것도 없이, 그냥 조금 멀리서 있어주는 그런 어른. 힘이 다 빠질 때마다 찾아가 만나 기댈 수 있는 어른. 그런 어른이 내게는 있었다. 지금 나는 어른인데, 저 말을 복제하여 나도 누군가에게 할 수는 있겠는데, 그런데, 그 선명하고도 든든한 눈빛은 내게는 요원하다.

빙그레의
영역

사라지는 것을 선물로 받는 게 더 좋았던 시절이 있었다. 꽃이라든가, 초콜릿이라든가, 연필 같은 것. 남지 않는 것들. 그걸 영영 간직해야 한다는 부담을 갖지 않아도 되는 것들. 그런 선물이라야 주고받는 마음이 홀가분했다. 사물에 사연이 쌓여가서 추억이 사물보다 더 거대하게 부풀어 오르는 풍경을 감당하기 어려울 만큼 그 시절의 나는 여렸던 것임이 틀림없다. 실은 선물에 대한 부담이라기보다 나 자신의 여림에 대한 불만 쪽에 더 가까운 심사였을 것이다.

선물은 받는 게 더 좋다, 주는 게 더 좋다. 이 둘을 놓고 "너는 어느 쪽이니" 하며 누군가와 대화를 해보던 시절도 있었던 것 같다. 그때 나는 도무지 주는 게 더 좋다고 선택하는 멋진 이들에게 백 프로 공감을 할 수가 없었다. 아무리 생각해도 선물을 받는 것이 기쁘기 때문에.

지금은 이런 식으로 말해보고 싶다. 선물은 주거나 받는 것이라기보다는 되는 것이라고. 선물이 되는 사건. 선물이 되는 시간. 선물이 되는 사람. 선물이 되는 말. 선물이 되는 표정. 선물이 되는 사람이 선물이 되는 말과 함께 선물이 되는 표정을 지으며, 자그마하고 사소한 선물 하나를 건넸을 때, 그것은 선물이 되는 시간이자 선물이 되는 사건이다. 그때 손과 손 사이에서 전달되는 사물 하나는 그 무엇이 되어도 상관이 없다.

지금 내 방은 그러한 사소한 선물이었던 사물들의 소근거림으로 둘러싸여 있다. 이 방에 담겨진 나는 그 소근거림을 배경 음악처럼 등에 업고서 책을 읽거나 글을 쓴다. 그럴 때 나의 글쓰기는 어쩌면 대답 같은 것이고 어쩌면 약속 같은 것이고 어쩌면 즐거운 받아쓰기 같다.

베이징을 여행했던 선배가 "왕창 사 와서 다 주고 하나 남았어"라며 건네준 마오쩌둥이 그려진 담배 케이스, 몽골 여행을 다녀온 후배가 "갖고 싶다던 게 이거예요?" 하던 게르 미니어처, "언니 목마 좋아하잖아"라며 갖고 있던 소품을 선뜻 건네준 후배, 재활용 쇼핑백을 잘라서 엮은 항아리를 노숙인들의 벼룩시장에서 샀다며, 한 시간이 넘게 나를 기다려 건네주고 간 친구, 이 용도를 알아맞혀 보라며 방긋 웃으며 친구가 건네준 부엉이 모양의 연필깎이, 받는 나보다 주는 그 사람이 더 오래 매만지며 즐거워했던, 오래전 생일선물로 받았던 목재 오르골, 돌멩이 하나, 도토리 하나, 저금통 하나…….

적어내려 가다 보니, 선물이 선물답게 되는 비결이 있다는 걸 지금 알게 됐다. 선물을 건네면서 해준 한마디. 농담처럼 던졌든, 지나가듯 말했든, 진지하고 가열차게 자신의 안목을 침 튀기며 피력했든 간에, 선물을 쳐다볼 때마다 저절로 떠오른다. 그 한마디와 더불어 그 표정도.

그러면 나는 빙그레 웃고야 만다. 아마도 이 선물들이 내 방 창가 선반에 쪼로록 놓여 있지 않았다면, 혼자 있는 내 방에서 빙그레 혼자서 웃고 있을 일은 없었을지도 모르겠다. 그들은 알고 있을까. 내가 이 사물들을 쳐다볼 때마다 그때의 그 표정과 말투를 떠올리며 자주 웃는다는 걸. 청소를 하며 먼지를 닦아줄 때마다 옆의 사물에게 소개해주듯 말을 건넨다는 걸. 빙그레 웃는 나 혼자만의 시간이 선물이 되었다는 사실을.

나는 지금 라디오를 하나 골라야 한다. 이사한 친구에게 필요한 거 없냐고 물었고 '라디오'라는 답을 들었기 때문이다. 라디오를 고르자니, 그 동네는 FM의 주파수가 쉽게 잡히는 동네일지 아닐지, 그 새로운 집은 어떤 디자인의 라디오가 어울리는 공간일지, 하나부터 열까지 친구가 사는 환경에 대해 상상하게 되었다. 라디오를 고르다 보니 내가 선물로 받았던 라디오를 다시 한번 쳐다보았다. 내가 꼭 갖고 싶어 하던 그 모델을 몇 년 동안 별러서 기어이 선물로 내밀었던 친구. 저 라디오에서 흘러나오는 음악을 들으면서 내가 지내온 시간들. 라디오가 낡아가는 만큼 우리가 깊이 친해지고 있다는 게 새삼스럽다. 이 낡아가는 라디오의 안부를 오늘은 친구에게 전해주어야겠다. 인증샷을 찍어서 그때를 함께 새삼스레 떠올려보고 싶어서. 친구는 친구가 있는 그곳에서, 나는 내가 있는 이 방에서. 우리가 동시에 함께 떠올릴 사연과 감정이 많이 닮았으면 좋겠다.

안
보이는 것

"밤새 내리던 눈이 드디어 그쳤다. 나는 다시 길을 떠난다. 오래전 고국을 떠난 이후 쌓이고 쌓인 눈으로 발자국 하나도 식별할 수 없는 천지지만 눈사람 되어 쓰러지기 전에 일어나 길을 떠난다."《안 보이는 사랑의 나라》•를 다시 꺼내 읽는다. 고국을 떠난 적은 없지만 고국을 떠나온 것만 같은 심정으로 여행을 다닐 때면 불현듯 떠오르는 시구다.

내가 처음 시를 썼던 1990년대에는 속임수임이 분명한 희망들이 노골적으로 도처에 전시되어 있었다. 절망은 꼭꼭 숨어 복병처럼 안 보였다. 시가 안 보이는 것을 노래해야 하니까, 그 시절 시인들은 당차게 절망을 노래했다. 이제는 절망이 노골적으로 도처에 전시된 시대를 살고 있다. 가장 안 보이는 것은 희망이다. 그러나 시가 안 보이는 걸 노래해야 해서, 안 보이는 희망을 노래한다는 것은 멍청한 짓 같다. 그러나 멍청한 시인의 멍

• 마종기,《안 보이는 사랑의 나라》, 문학과지성사, 1980

청한 시를 나는 은밀히 기다린다. 사람을 둘러싼 풍경 중에서 가장 희망에 가까운 풍경을 가장 멍청하고 가장 오롯하게 제시하는 시를 나는 기다린다.

안 보이는 것은 절망이나 희망 같은 게 아니라, 멍청할 정도로 오롯한 태도인 것 같다. 사람의 분별력과 고집이 투영된, 당찬 시의 목소리가 그립다. 숱한 영리함과 숱한 예민함에 파묻혀버린 장면 하나를 시에서 목격하고 싶다. 시인은 가장 안 보이는 걸 쓰는 자임을 다시 기억하며 살고 싶다.

인간을
인간으로 바라봐 주는 일

인간성이라는 게 나에게도 얼마간은 내재해 있다는 것을 잘 믿지 못하겠다. 인간이라고 하기엔 파렴치하고, 인간이라고 하기엔 암암리에 폭력적이고, 인간이라고 하기엔 솔직히 인간미가 없다. 인간미 대신에 크든 작든 속셈만 그득하다.

《킹》[•]을 다 읽고 나서, 인간을 인간으로 여기고 바라봐 주는 존재를 찾다가 굳이 인간 옆에 사는 개를 생각하게 된 존 버거의 마음을 헤아려본다. 존 버거는 사람이 아닌 개 '킹'의 시선을 소설에 담았다. 킹과 함께 사는 사람은 노숙인이다. 도시 근교의 노숙인 거주지에 살다 그 터마저 빼앗기는 사람들의 이야기를

• 존 버거, 《킹 : 거리의 이야기》, 김현우 옮김, 열화당, 2014

킹의 시선으로 들려준다. 하지만 어쩐지, 인간에게 주어진 최소한의 삶의 조건을 모두 빼앗긴 그들에게서, 우리들의 모습이 보인다. 최소한의 조건은 갖추고 있다는 착각이 우리에게 작동하고 있었을 뿐 우리와 다를 게 없다는 걸 자각하게 한다. 하지만 그들은 왜 자신들이 내몰려야 하는지에 대해 진심으로 생각하고 있다. 생각하고 생각하며 대화하고 있다. 소용이 있건 없건, 그들은 끝없이 자신들이 누구인지를 서로에게 묻고 있다.

우리가 어떤 사람인지를 알고 싶어 끝까지 묻는 일. 이 질문은 존재에 대한 사색이 아니다. 생존 가능성에 대한 타진이다. 최소한의 삶의 조건을 왜 요구하면 안 되는지를 따지는 사회적인 질문이다. 철학적이고 형이상학적인 차원에서가 아니라 사회 안전망의 차원에서 던지는 질문. 야만을 손가락질하며 분노하는 인간이 어째서 야만의 측근으로 야만과 공생하고 있는지를 질문할 때에 무고할 수 있는 사람은 누구일까.

소설이 원래 지니고 있어야 할 온갖 기준들을 놓고 보자면 이 소설은 촌스럽다. 그러나 존 버거는 촌스러움이 아니고서는 전달할 길이 없는 이야기를 하고 있다. 기꺼이 촌스러워질 때, 까마득히 망각해온 인간성을 오롯하게 목격할 수 있다는 걸 존 버거는 믿는 것 같다.

나는 존 버거가 믿었던 것을 여전히 믿고 싶은 걸까. 믿어본 것이 너무 없어서 존 버거를 믿게 되는 걸까. 인간을 인간으로 바라봐 주는 일을 가까스로 할 수 있는 게 문학이라고 믿어왔지만, 인간을 인간으로 바라봐 주는 일을 더 이상 하지 않는 문학이 더 많을 때에, 그것을 나는 여전히 문학이라고 부를 수 있을까.

고마움

문자 한 통을 받았다. 나와 함께 시 공부를 하는 사람이 보낸 것이다. 시가 자기 인생에 위로가 된다는 말과 함께 자기 자신이 생각처럼 구질구질하지 않다는 걸 시로 인해 알게 되어 기쁘다는 고백이었다. 답장을 보냈다. 좋은 시를 읽을 수 있어서 보람이 있었고, 좋다고 진심으로 말할 수 있어서 기뻤다고. 진심으로 당신이 쓴 시가 좋다고 말할 수 있는 깨끗한 기회를 내게 선물해주어 고맙다고. 답장이 왔다. 고맙다는 말을 진심으로 전할 수 있어서 정말 고맙다고.

시를 가르치다 보면, 가르쳐서는 안 될 것을 가르치고 있다는 생각과 가르침 자체가 불가능한 걸 가르치려 든다는 생각 때문에, 이 밥벌이를 어쩌면 좋은가 싶을 때가 태반이다. 칭찬으로 용기를 주고 싶다고 생각하면서도 수강생들이 쓴 시를 읽고 조목조목 실수들을 짚는다. 낙담해 의기소침해진 수강생들의 표정을 등에 업고 귀가한다. 어떤 식으로든 용기를 얹었어야 했다는 후회에 마음이 무거워진다.

그러나 용기를 주기 위한 목적으로 전하는 칭찬은 소용스럽지 못하다. 위로하기 위한 칭찬임을 그들이 나보다 먼저 알아채고 다른 종류의 낙담을 한다. 자신을 냉정하게 알아채고 있는 사람일수록 진짜 칭찬과 진짜 위로와 진짜 교감을 더 잘 알아본다.

사람을 만나면 꼭 그렇지 않으면서도 마지 못해 기뻐한 적도 있고, 기뻐해주길 바라는 게 보여서 애써 기쁨을 드러내 보일 때도 있고, 그저 마냥 기쁠 때도 있다. 그저 마냥 기쁠 때에는 주고받는 것이 숨김없이 깨끗한 상태일 때다. 오늘이 내겐 그런 날이었다. 고맙다는 말이 온전히 고마웠다.

좋은 사람

집으로 돌아오기 위해 덴파사르 응우라라이 공항에서 발권을 하고 돌아섰을 때였다. 손에 든 초록색 여권을 가리키며 한 할머니가 "한국사람 맞쥬?" 하고 물었다. 딸내미가 사위와 손녀와 발리에 정착해서 살고 있는데, 놀러오라고 놀러오라고 성화를 해서 몇 년을 벼르다가, 첫 해외여행을 오게 되었다고 자신을 소개했다. "영감탱이가 당최 어디 여행 가는 거를 전장 나가는 것처럼 무서워해서" 나 홀로 여행을 감행했다고, 충청도 사투리로 서너 번쯤 반복해서 말해주었다. 나는 연신 고개를 끄덕이며 할머니의 이야기를 들었다.

우리는 가방 속에 넣어둔 겨울옷을 함께 꺼내 입었고, 보안검색대 앞에서 함께 줄을 섰고, 출국심사대에서 함께 줄을 섰다.

보안검색대 앞에서 내가 가방 속 카메라와 노트북을 꺼내어 바구니에 담을 때엔 "전자제품만 꺼내면 된다더만" 하면서 "가방 안에 칼 같은 거 없지? 스프레이도 안 된다"라며 내게 연신 말을 걸었다. 그토록 발랄하고 환한 얼굴의 노인을 목격해본 적이 거의 없어서, 나는 잔뜩 들뜬 자식의 손을 꼭 붙잡고 여행을 떠나는 엄마처럼 할머니의 손을 잡고 우리가 탑승할 게이트로 걸어갔다.

비어 있는 의자가 없었다. 할머니는 카페트 바닥에 철푸덕 앉았다. 나도 할머니 옆에 철푸덕 앉았다. 올 때는 신혼여행 오는 부부한테 찰싹 달라붙어서 무사히 비행기를 탔고 마중 나온 딸 식구를 무사히 만나게 됐다고 했다. 신혼여행 부부에 대해서도 내가 그다지 궁금해하지도 않는 많은 정보를 알려주면서, "갸들이 결혼을 진짜 잘한 것 같지 않냐"고 '갸들'을 본 적도 없는 내게 동의마저 구했다.

사위가 발리에서 봉사활동을 하고 있다고 했다. 발리에 사는 우리 교민들이 어떤 식으로 교류를 하고 어떤 식으로 서로 도우면서 살아가는지에 대해 자세하게 설명해주었다. 사위와 손주는 영어를 '쏼라쏼라' 잘하지만 딸은 아직 '더듬더듬'밖에 못해서 그게 좀 걱정이 된다며, "한번은 이랬다"로 시작된, 딸이 발리에서 겪은 몇 년의 에피소드들을 시간순으로 들려주었다.

발리의 주거문화에 대한 입장에서부터 시작되어서 사위 자랑으로 이야기가 진전되었다가, 다시 손녀가 국제학교를 다녀 삼개국어를 한다는 자랑, 수첩을 꺼내어 꼬박꼬박 메모해둔 관광지명을 커닝하면서 어디어디를 다니며 놀았는지를 자랑하는 데까지 일사천리로 이야기를 이어갔다. 그러다가 '영감탱이'에 관한 이야기로 건너가면 욕설이 절반은 섞여 들었다.

우렁차고 해맑은 할머니에게 연신 추임새를 넣으며 얘기를 듣다가, 지금 이 주변의 사람들이 우리를 어떤 관계로 볼지 상상했다. 엄청나게 다정한 모녀지간으로 보일 것도 같았다. 딸로 보이기에는 내가 지나치게 예의를 갖추고 있으니 며느리로 보일 수도 있겠다 싶었다. 노인이 된 엄마와 단둘이 여행을 떠난 중년의 딸. 혹은 시어머니와 며느리. 어찌 됐건 근사한 그림이었다. 엄마하고조차도 그려보지 못한 멋진 그림을 나는 처음 보는 할머니와 그리고 있었다. 할머니는 깍둑썰기를 한 열대과일들을 종류별로 담은 도시락을 꺼내 하나하나 손으로 집어 내 입에 넣어주며 계속 발리에서 보낸 일들을 자랑했다. 나는 오물오물

과일을 받아먹으며 깔깔 웃기도 했고 빙그레 '딸 미소'를 짓기도 했다.

언제나 기분파에 화끈한 리더십을 자랑하던 이북 출신 우리 엄마는, 어렸을 때 뜬금없이 가족들을 식탁에 앉게 했다. 민주적으로 가족회의를 하자는 제안을 하셨다. 세 남매를 앉혀놓고 그간에 잘한 일과 잘하지 못한 일을 한 가지씩 꺼내어 칭찬과 회유를 일별한 다음, 우리에게 건의사항을 발언할 기회를 주셨다.

권력형 엄마가 가끔 기분내듯 개최하는 가족회의의 함정에 나는 매번 발을 헛 딛는 어리석음을 과시했다. 건의사항을 볼멘소리로 하고야 말았던 것이다. 엄마는 단지, 민주적인 부모의 기분을 내고 싶었을 뿐이었는데, 형제 중에 유독 나 혼자 그 기분에 찬물을 끼얹고는 했다.

"내 친구네 엄마는 아이들이 '엄마' 하고 부르면 '응?' 하고 자상하게 대답을 하시던데, 엄마는 우리가 부를 때마다 '왜?' 하고 대답을 하시는데, 그게 좀 어쩌고저쩌고…"라든가, "자식에게 예쁜 이름 지어주셨으면 그냥 '소연아' 하고 다정하게 이름을 부르지 않고 왜 '야'라고 저를 부르시는지 저는 도저히 어쩌고

저쩌고…."

한 켠에 부뚜막이 아니라 싱크대가 놓여 있었고 식탁이 한가운데에 있었던 기억 속 배경으로 짐작건대, 내가 열두 살이거나 열세 살 때 즈음의 일이었을 것이다. 엄마는 그때 내 의견을 간단히 묵살했다. 가족끼리 너무 사소한 것을 붙잡고 쩨쩨하게 지적하는 건 옳지 못하다고 훈계하셨다. 가족들이 머리를 맞대고 함께 궁리할 만한 진지한 사안이 못 된다면서 마음이 좁으면 큰 사람이 될 수 없다고도 하셨다.

화끈하고 호탕한 엄마와는 도저히 조화롭지 못할 쩨쩨한 성격을 가진 딸은 점점 더 엄마에게 속마음을 말하지 않는 섭섭한 딸이 되어갔고, 다정하지 못한 엄마에 대한 서운함이 더더욱 단단해져 갔다. 엄마는 아무도 사랑하지 않는, 사랑할 줄 모르는 사람으로 보였다. 나에게 엄마는 좋은 사람이 아니었다. 닮고 싶지 않았고 행여 닮았다는 말을 누군가에게 들으면 화가 나기 일쑤였다. 엄마와 심하게 충돌을 겪던 이십 대에는 거실에서 한바탕을 하고 내 방에 들어와서 울먹이던 내 옆에 아빠가 와서 한참이나 앉아 계시곤 했다. 쥘 게 없어서 주먹을 쥔 내 손등을 한두 번 어루만지다 "네가 이해를 해야 한다"고 말씀하시곤 했다.

팔십 대 노부부로 살아가던 엄마 아빠는 둘이서 함께 장을 보고 밥을 먹고 티브이를 보다가 각자 잠이 들었다. 아침이면 서로의 등을 긁어주고 씻겨주고 약을 챙겨주고 옷을 입혀주었다. 혼자서 하면 좀 그런 일들과 혼자서 할 수 없게 된 일들에 서로가 온전히 의지를 했다. 생겨 먹은 그대로를 내버려둔 채로 어쨌거나 오십 년을 함께 살았다.

아빠에게 엄마가, 엄마에게 아빠가 좋은 사람은 아니었을 것을 안다. 좋은 사람은 아니지만, '그냥 그 사람'이 되어간 두 사람. 엄마의 큰소리와 아빠의 묵묵함은 여전하지만, 사랑이 두 사람에게 깃들여 있었다는 사실을 부정할 수는 없다.

충청도 할머니와 나는 서로 옆 자리에 앉았다. 할머니의 발리에서 보낸 보름은 네버엔딩 스토리였다. 듣다가 내가 졸면 할머니도 옆에 앉아 눈을 감았고 이내 코를 골았다. 내가 치킨을 선택하면 할머니도 "같은 거"를 주문했다. 내가 오렌지주스를 선택하면 할머니도 "같은 거"를 주문했다. 내가 화장실에 가면 할머니도 화장실에 다녀왔다. 공항에 도착해서도 함께 걸었고 함께 짐을 찾았다. 할머니가 천안 가는 KTX를 탈 수 있도록 도와

주고 돌아서려 할 때 할머니는 내 손을 꼭 쥐며 말했다. “참말 좋은 사람이야”라고. 하룻밤 만에 나는 아무것도 하지 않은 채로도 ‘참말 좋은 사람’이 됐다. 할머니를 혼자 두면 안 될 것 같았고 함께 있어주는 게 쉬운 일이었을 뿐이었다.

좋은 사람. 오십 년을 그렇게 했든 하룻밤을 그렇게 했든, 혼자 두면 안 될 것 같아서 함께 있어주면 가능해지는 것. 나는 할머니 덕분에 이 사실을 알게 됐다. 이렇게 쉬운 걸 이제야 알게 됐다.

실험적 작품을 읽는다는 것

실험적인 문학작품은 읽는 내내 불편하다는 생각이 든다. 내가 읽어온 것들과 거리가 멀어서 느끼는 불편함이다. 좀 더 읽다보면, 이 작가는 독자를 위협하고 있구나 싶어진다. 다 읽고 났을 때에 그 위협에 얼마간 놀란 나머지, 작품에 대한 생각이 아니라 문학 자체에 대한 생각으로 독후감이 번져나갈 때가 있다.

그제야 알게 된다. 이자는 자신의 작품으로 문학 자체에 대해 반기를 들고 있었던 것이다. 이미 있어온 문학으로는 자신이 전하고 싶은 인간의 이야기를 전할 수 없다고 판단했기 때문이다.

한 박자 늦게서야 위화감을 주는 작품에 대해서가 아니라 위화감을 느끼는 자신에 대해 오래 사유해야 한다는 걸 알아채게 된다. 때 묵은 관습에 저항하기 위해 책을 읽고 시를 쓰며 살아가고 있으면서도, 일차적으로 위화감이 드는 작품들 앞에서 나는 염려를 앞세울 때가 있다. 이 작가는 자신의 이런 방식이 우리에게 익숙해진 다음에는 어떤 방식의 글을 쓰는 작가로 살아갈지. 혹시나 작가로서 생명이 짧게 끝나면 어쩌나 싶은 염려 따위를 앞세운다. 표현은 염려라고 하지만 실은 선부른 판정을 내리고 싶어 하는 것이다. 왜 쓸데없는 염려와 오만한 판정을 내리려는 걸까. 위협이 된 데에 따르는 복수심 때문은 아닐까. 아마도 아니라고는 말하지 못할 것이다.

균열

음식이 닿으면 시큼거렸던 것은 어금니에 균열이 갔기 때문이라고 했다. 두 동강이 났지만 앞뒤의 치아가 바로 옆에서 버티고 있어 균열된 상태로도 꽉 아물려 있다고 했다. 금이 간 채로 오래 사용해온 밥공기가 생각났다.

여행지의 도자기 마을을 한참 동안 맴돌다 기웃거리며 고르고 골랐던, 손수 처음으로 장만했던 내 밥공기였다. 설거지를 할 때마다 힘을 넣어 벌려보지만 멀쩡했다. 국 같은 걸 담아도 새지 않았다. 금이 간 밥공기는 그만 좀 버리라는 엄마의 애원에도 버리지 않았다. 언제고 쩍하고 갈라지는 날에는 그럴 줄 알았다며 버리게 될 것이었다.

실내가 너무 건조해서 몸통에 균열이 간 새 기타도 균열된 채로 소리는 별반 나빠지지 않았다. 나빠졌다고 해도 악기소리에 예민하지 못한 내게는 차이가 느껴지지 않는다. 수리를 맡긴다면 적은 비용으로도 고칠 수 있다 한다.

언제부터 시작된 건지 알 수 없다는 점에서 어금니와 닮았고, 힘을 넣어 부숴보려 해도 부숴지지 않고 멀쩡하다는 점에서 그릇과 닮았고, 차이를 느낄 수 없다는 점에서 악기를 닮았다. 그릇처럼 금이 보이는 것도 아니고, 어금니처럼 만져지는 것도 아니다. 어째야 하는지를 알고 있지만 어쩌지 못하고 사는 일과 어째야 하는지를 도무지 모르겠는 일을 조금이라도 알겠다고 말하며 사는 일.

어쩌지 못함이 쌓이고 쌓여서 신음을 내뱉듯 문장을 적던 버릇들을 이미 지나쳐서, 할 수 있는 말은 오직 비명만 남아버린 듯한 균열의 나날들. 비명을 대신할, 비명과 흡사한, 비명에 가까운, 비명을 통역한, 아무튼 어떤 문장을 적으려 할 때마다 균열을 보게 된다.

문학은 악몽과 현실 사이의 온도 차이에 맺힌 결로처럼 존재한다. 이젠 악몽보다 현실이 더 지독해졌다. 악몽의 내부에서 더 지독한 현실을 내다보며 문학은 겨우 지탱하고 있다. 악몽을 현실과 혼동한다는 죄목을 짊어진 채로 문학은 창문의 테두리를 타고 결로처럼 맺히는 듯하다.

썼던 문장이 내 귀로 되돌아오는 것에 대하여 자문하고, 했던 말이 나를 지우고 있다는 것을 자백하고, 종내는 말을 포기할 때를 기다린다. 말의 무력함과 말의 무용함과 말의 허구성과 말의 폭력성에 대하여 대항하고 있는 것이 아니라, 말을 버리기 위하여 안간힘을 다해 이상한 발명을 하고 있는 것만 같다.

이제 다시 거처를 옮기게 될 것이다. 시끄러운 말의 세계로 가야 한다는 것을 알지만, 시끄러운 말의 세계에서 느끼는 모멸감은 어찌해야 할까. 균열이 무늬가 된 불구의 방. 찬바람이 들어올 것은 문제가 아니다. 새어나가는 것들과 얼어붙고 말 것들, 그것들과 동거하는 새로운 윤리는 너무 늦게 발견될 것이다.

인간의 사랑할 만한 점

그는 몇 시간씩 고속버스를 타고 서울까지 올라와 매주 시창작 강의를 듣는다. 초로의 희끗희끗한 모습으로, 젊은 이들과 함께 강의실에 앉아 있다. 이 수강생께서는 자신이 재능이 있는지, 계속 써도 되는지, 이제 그만 쓰는 게 맞는지를 이제는 확인하고 싶다고 하셨다. 그런 유의 대답을 할 자격이 내게 없거니와, 나도 바로 그걸 확인하고 싶은 사람일 수밖에 없다 보니, 무슨 말을 해드려야 하나 싶어 아득해졌다.

"작은 재능은 신의 가장 큰 저주"• 라는 문장을 본 적이 있다.

• 카슨 매컬러스, 〈누가 바람을 보았을까요〉, 《불안감에 시달리는 소년》, 이소영 옮김, 열림원, 2008

이 문장을 처음 접했을 때, 누군가에게 몹쓸 것을 들킨 기분이 들었다. 불쾌한 문장이라 생각했지만 두렵지는 않았다. 천재라고 정평이 나 있던 작가도 자기 자신에게 쏘는 화살로써 이 문장을 썼으리라 짐작했다.

니체의《차라투스트라는 이렇게 말했다》에는 이런 문장이 있다. 시를 쓰고 살고 있는 한, 이런 식의 문장만이 내겐 가장 합리적인 문장이다. 그분과 함께 읽고 싶어 여기에 적어둔다.

"저편으로 건너가는 것도 위험하고, 건너가는 도중도 위험하고, 뒤돌아보는 것도 위험하고, 덜덜 떨며 멈춰 서는 것도 위험하다. 인간의 위대한 점은, 인간이 다리이지 목적이 아니라는 데 있다. 인간의 사랑할 만한 점은, 인간이 건너감이고 몰락이라는 데 있다. 나는 오로지 몰락하는 자로서만 살아가는 이들을 사랑한다. 그들은 저편으로 건너가는 자들이기 때문이다."

꿈
얘기를 나누다

꿈 얘기를 하던 친구가 너는 요새 무슨 꿈을 꾸냐고 물었다. 언젠가부터 꿈이 기억나질 않는다고 나는 대답했다. 기억할 순 없지만 기억날 수는 있다고 말했다. 잠들기 위해 베개에 머리를 대고 눈을 감는 순간에, 기억나지 않았던 지난밤 꿈이 또렷하게 다시 나타나는 것을 매일매일 겪는다. 하지만, 그 순간은 새로운 꿈으로 접어드는 단계이기 때문에 '아, 내가 꿨던 꿈이 이거였지!' 하며 반가워하다가 이내 잠이 들어버린다. 그래서 누군가에게 꿈 얘기를 해줄 수가 없다.

꿈을 기억하는 방식이 겨우 이런 식이다 보니, 나는 베개 너머에 하나의 세계가 도사리고 있다고 믿게 되었다. 베개를 출입문 삼아, 베개에 머리를 댄 그 순간의 내가 어딘가로 다녀오는 것이라 여기게 되었다. 까맣게 잊고 있던 유년시절의 친구가 등장하는 꿈을 꿨다면, 그 친구를 다음 날 잠들 무렵에 다시 만나게 되고, 그럴 땐 친구를 꿈속 문간에 종일 세워둔 느낌이 든다. 친구는 꿈과 재회하는 나를 부러워했고, 나는 꿈 얘기를 들려줄 수 있는 친구를 부러워했다.

우리는 어렸을 때부터 모든 꿈 얘기를 시시콜콜 나누어왔다. 장래희망이든, 망상에 가까운 소원이든, 자면서 꾸는 악몽이든. 나이를 먹고 있지만 꿈은 언제고 새롭다. 아직도 그런 꿈을 꾼다는 것도 새롭고 나이에 걸맞는 꿈을 꾼다는 것도 새롭다. 실은, 나이를 먹고 있다는 것에 대해 우리는 언제나 새로워하고 있다. 나이를 먹어 경험이 쌓이는데도, 이 나이는 처음 살아보는 것이라서 새롭다. 낯설고 서툴다.

밤의 북해도

북해도에서 열흘 정도를 지냈다. 낮에는 여기저기 돌아다녔고, 밤에는 티브이도 보았고, 영화도 보았고, 원고도 썼다. 두꺼운 책도 세 권이나 읽었다.

북해도의 겨울은 오후 세 시 반 정도부터 일몰이 찾아들었다. 점심을 먹고 차 한 잔을 마시고 거리를 걷다 보면 어둑어둑해졌다. 일찌감치 도착하는 밤은 길고 길었다. 하룻밤이 길고 길게 느껴지는 게 얼마 만인가 싶어, 긴 시간을 좀 더 길게 누리려고 책을 손에 들었다. 기나긴 밤이 주는 특별한 집중력의 시간을 실컷 누렸다.

가져온 책 세 권 모두 읽다 만 것들이었다. 몇 달 동안 책상 위에 올려뒀지만, 하루에 몇 장 정도를 넘기곤 나중에 읽어야겠다며 포기했던 책들이었다. 어쩐지 이번에는 완독을 할 것만 같은 기대가 생겨 여행 가방에 가장 먼저 챙겨두었던 것이다. 꼼꼼히 독서를 하던 밤들이 지금도 가장 오롯하게 떠오른다.

좋은 구경거리를 찾아 다니던 낮 시간의 일들은 벌써 기억 속에서 희미하다. 오직 카메라만이 그걸 간직한 셈이 되었다. 나는 밤의 북해도로 여행을 다녀온 셈이 되었다. 서울은 오후 다섯 시 반 정도에 일몰이 시작된다. 북해도의 일몰 시간과 겨우 두 시간 차이가 난다. 내가 갈망했던 것은 여행이 아니었나 보다. 하루 이십사 시간 중 단지 두 시간, 아무 할 일 없는 고요함이었나 보다.

그림책
선물

약속 앞에서, 빈손보다는 자그마한 선물 하나를 챙겨서 만나야겠다는 생각이 들 때가 있다. 처음 만나는 사람일 때에는 선물 하나를 고르는 일이 난감하다. 그 사람에 대한 정보가 부족해서 지나치게 고민하다 가장 아무것도 아닌 듯한 선물을 챙기게 될 때가 많다. 받는 사람에게 내 고심의 흔적이 전달될 리는 거의 없을 물건 하나를 고를 때가 많았다. 하지만 언젠가부터는 요령이 조금 생겼다. 그가 누구든, 그림책 선물을 한다.

조금쯤 용감하게 살고 있는 사람에게는 모험심 가득한 내용을, 조금쯤 밝고 경쾌하게 살고 있는 사람에게는 익살스러운 내용을, 아기가 있는 사람에게는 아기와 함께 읽을 만한 내용을 선택한다. 그림책을 건네는 그 순간이 참 좋다. 처음 만났다는 서먹서먹함이 누그러든다. 그림책 선물을 즐기는 이유 중 가장 큰 이유다. 두껍거나 명철한 책들에서는 얻을 수 없는 기분이다.

우선 받는 이가 부담을 느끼질 않는다. 받아들고서 씨익 웃고, 그 자리에서 펼쳐본다. 그림으로 가득 차 있고 문장은 최소한이어서 한 페이지 한 페이지 그 자리에서 넘겨본다. 내가 이미 알고 있는 내용이지만, 나도 머리를 맞대고 함께 들여다본다. 어느 장면에서는 웃음을 터트리기도 하고 어느 장면에서는 감탄을 자아내기도 한다. 내가 건넨 책으로 독서를 하는 표정을 그 자리에서 지켜볼 수가 있다. 같은 책을 읽은 사람이 되어서 만남을 시작한다. 같은 책을 읽은 사람이 된다는 걸 가장 짧은 시간에 경험할 수 있다.

난
혼자 있는 시간이 많아

최근에 몸이 안 좋아 회사를 잠시 쉬고 있는 친구가 말했다. "낮 시간 동안 혼자서 지내는데 외롭더라구." 나는 반쯤 놀리는 표정이 되어 응대했다. "설마… 적적한 거겠지. 그게 얼마나 좋은 건데." 친구는 혼자 있는 시간이 좋다는 건 알지만 혼자 있어 버릇하지 않아 어색했던 듯했다. 혼자 있는 시간을 어색해하는 자기 자신이 어색한 듯했다.

건강을 걱정하다, 쉬는 김에 관둬버리라고, 장난처럼 말하며 마주 앉아 있다 집에 돌아와 적적하게 책상머리에 앉아 있자니, 그가 혼자 있는 낮 시간을 떠올려보게 되었다. 무심코 한낮에 문자메시지를 넣어봐야겠다는 생각도 해보았다. 시련의 시간을 보내는 중일 테지만, 아주 오랜만에 더없는 시가 찾아오는 시간을 보낼 것이 틀림없었다. 새로 쓸 새롭고 깊은 그의 시가 기대되었다.

한때는 매일매일 친구들과 밤새워 어울려 놀았고 새벽이 되어서야 집에 돌아와서는, 혼자만의 한두 시간 동안에 책을 읽고 시를 썼다. 친구들과 밤새워 어울려 놀다 집에 돌아왔던 그때가 무척이나 즐거웠던 것처럼 기억하고는 있지만, 무척이나 골치 아픈 일들과 성가신 말들을 가방 한가득 담아 집에 돌아왔던 때였음을 나는 모를 리가 없다. 집에 돌아와 혼자 있는 시간에 나의 '알도'를 꺼내어 미주알고주알 있었던 일들과 들었던 말들을 복기하며 번뇌를 삭이려고 애썼다. 애를 쓰다 쓰다 시를 썼다.

《알도》* 는 더벅머리 여자애가 두 손을 모으고 서서 "난 혼자 있는 시간이 많아"라고 말하며 시작한다. 무심하게 그려진 그림과 무심하게 쓰여진 한 줄의 문장이 한 페이지 한 페이지 진행될 때마다 아이의 쓸쓸함이 함께 깊어진다. 안됐다 싶어지다가 어쩌나 싶어지다가 안타까워진다. 그렇게 쓸쓸함은 단지 깊어

* 존 버닝햄, 《알도》, 이주령 옮김, 시공주니어, 1996

지기만 할 뿐인데, 어쩐지 쓸쓸함이 단단하게 여물어가는 과정을 지켜보는 것만 같다. 알도는 한 아이가 혼자였을 때에만 만나게 되는 친구다.

알도는 마치 이런 말을 건네는 듯하다. 혼자 있다는 게 혼자서 쓸쓸하게 지낸다는 것만을 뜻하지는 않는다고. 누군가와 함께 있을 때에는 만날 수 없는 특별한 누군가가 곁에 나타나는 시간일 수도 있다고. 혼자 있는 시간이 많은 사람만이 만날 수 있는 숨겨둔 친구가 누구에게나 한 명씩은 있는데, 그 친구를 자주 만나지 못한다면, 그러니까 혼자 있는 시간이 너무 적다면, 당신은 사실상 더 쓸쓸한 사람이 아니겠냐고.

혼자 있는 시간에 외로움하고 같이 있지는 말아야 한다. 혼자 있는 시간을 방문해줄 단 하나의 위대한 친구가 문 바깥에서 서성이다 그냥 돌아갈 테니까. 그렇게 된다면 정말로 외로운 사람이 되는 거니까.

《까마귀 소년》[*] 은 너무 작아 '땅꼬마'라고 놀림받은, "늘 뒤처지고 꼴찌라서 아무도 거들떠보지 않는" 외톨이의 다른 면을 보여준다. 어디에서 본 듯한 아이, 우리 반에도 있었을 아이가 친구들과 어울려 놀지 못하는 모든 시간들에 무얼 하며 지냈는지를 이 그림책은 보여준다. 학예회에서 땅꼬마는, 시시각각으로 달라지는 까마귀소리를 진짜 까마귀처럼 정확하게 흉내내어 큰 박수를 받는다.

그리고 그 까마귀소리를 어떻게 해서 배우게 되었는지를 아이들에게 말해준다. 얼마나 혼자 있었으면, 얼마나 오래 아무 말도 하지 않고 가만히 있기만 했으면, 까마귀의 언어를 온전하게 터득할 수 있었을까.

바바라 쿠니는 평생 동안 은둔생활을 하다시피 한, 시인 에밀리 디킨슨을 그림책에 데려왔다. 시집 《한 줄기 빛이 비스듬히》[**] 에서 에밀리의 연보는 내가 읽은 작가 연보 중에 단연 최고다. 출

[*] 야시마 타로, 《까마귀 소년》, 윤구병 옮김, 비룡소, 1996

[**] 에밀리 디킨슨, 《한 줄기 빛이 비스듬히》, 강은교 옮김, 민음사, 1997

생, 입학과 졸업. 그리고 시를 발표하고 시집을 출판한 것에 관해 몇 줄. 그 밖의 내용은 에밀리 디킨슨이 집을 나서서 어딘가를 방문한 기록 몇 줄. 안과 치료를 위해 보스턴에 방문한 것까지 적혀 있는데도 연보의 양은 두 페이지가 안 된다. 그런 에밀리를 단 한 번 만나본 기억이 있는 이웃집 아이의 관점에서 그림책 《에밀리》[*]는 시작된다. 아이에게 백합 알뿌리를 선물받고서 에밀리는 아이를 위한 시 한 편을 써서 건네주었다. 에밀리 디킨슨은 거의 매일매일 시를 썼다 한다. 살아서 시집을 출간한 것도 아니었고, 결혼을 했거나 자식을 세상에 둔 것도 아닌 채로, 오

[*] 마이클 베다드 글, 바바라 쿠니 그림, 《에밀리》, 김명수 옮김, 비룡소, 1998

직 매일매일 숨을 쉬듯 시를 썼고 그리고 완전하게 소멸했다.

에밀리는 흰 옷을 입은 천사와 같은 모습을 하고 있다. 모든 것을 다 알아채어 비애를 어린 자식처럼 등에 업은 천사의 모습. 이 세상에서 가장 순정한 그래서 가장 슬픈, 가장 슬퍼서 가장 맑은 시편들을 남긴 에밀리 디킨슨. 그녀의 은둔이 어떤 좌절이었을 수도 있고 어떤 질병이었을 수도 있으리라는 짐작 따위는 거추장스러운 것이 될 정도로, 그녀의 시는 어느 누구의 시보다 순도가 높다. 마치 이 세상 것이 아닌 듯하게.

요즘 한 친구는 집으로 가는 길고 긴 밤길에서 콧노래를 흥얼거린다. 그 노래와 골목길을 녹화해서 페이스북에 올린다. 지금 나는 내 방에서 책을 읽거나 글을 쓰고 있고, 그녀는 노래를 흥얼거리며 집으로 돌아가는 중이다. 언젠가 그렇게 콧노래를 흥얼거리던 나의 골목들이 지금 내 책상 너머에서 펼쳐진다. 어떨 때는 내 발소리마저 무서워서, 어떨 때는 가장 낯익은 귀갓길이 낯이 익기 때문에 도리어 무서워서, 언제고 혼자여야만 하는 마지막 골목길이 얄궂여서, 어떨 땐 단지 그 길의 고요가 불편해서, 적적해서, 그렇게 콧노래를 불러 감정을 내몰았던 때가

떠오른다.

그런 때가 있었다. “난 혼자 있는 시간이 많아”라는 말이 “난 혼자 있는 시간이 싫어”라는 말로 곧장 해석되던 때. 내가 그때 감정을 내몰던 방법을 익혀 집에 돌아와 시를 썼던 것처럼 “난 혼자 있는 시간이 많아”라는 말이 결국엔 무슨 자랑처럼 하는 말이 될 수도 있다는 걸, 그도 그녀도 잘 알고 있으리란 걸 나는 안다.

봄 이야기

비밀 기지

멋쟁이가 되는 길

후배가 생일선물로 티셔츠를 사달라는 주문을 해서 옷가게에 갔다. 옷들을 만지작대며 매장을 서성였다. 한 할머니가 원피스를 입고 거울에 자신을 비춰보고 있었다. 남색에 작은 꽃무늬가 들어간, 무릎이 살짝 드러난 옷이었다. 옷감이 시원하고 부드럽다고 만족해하는 그 사람 옆에서 친구분이 퉁명스레 반응했다. “그걸 입고 어딜 가게. 젊은 애들이나 입는 건데.” 원피스의 깊게 파인 앞섶을 매만지며, 거울 앞에 서서 자기 모습을 찬찬히 살펴보던 할머니는 다시 탈의실로 들어갔다.

나는 친구분에게 말을 붙였다. “제가 보기엔 좋아보이는데요, 잘 어울리셨어요.” 친구분은 너털웃음을 섞어 대꾸를 하셨다. “나이는 있어도 저 사람이 몸매가 좋으니까 무슨 옷이든 잘은 어울리지요." 탈의실 아랫부분으로 움직이지 않은 채 가만히 서 있는 할머니의 발목을 흘낏 바라보았다. 티셔츠를 골라 계산대에 섰다. 탈의실 문이 열리고 할머니는 원피스를 그대로 입고 계산대로 다가왔다. 입고 온 등산 점퍼와 바지를 가게주인에게 내밀며 "입고 갈게요" 하셨다.

내 옷을 산 것도 아닌데 할머니의 결정에 내 기분이 좋아졌다. 시원한 원피스를 입은 것처럼 내 무릎이 다 사뿐해졌다. 그 할머니가 친구의 조언을 듣지 않은 것이 기뻤다. 멋쟁이들은 혼자서 옷을 사러 다닌다고 들었다. 충고가 필요없어서다. 충고는 모험을 가로막고 안이한 선택을 강요하는 경향을 띤다. 충고에 의해 우리는 멋쟁이가 될 기회를 자주 놓쳤다.

이런 반감

제목을 보자마자 '아, 이거다!' 했던 책을 구입했다. 이런 주제로 누가 면밀한 논리를 펴주었으면 하고 기다리고 있었다는 듯, 읽어야 할 다른 책들을 저편에 밀쳐두고 차례부터 펼쳐보았다. 과학자, 사회학자, 인문학자 등이 두루 필자로 참여하여 소주제를 하나씩 균형 있게 맡았다.

서문에서부터 기대를 가득 품었다. 하지만, 앞에 실린 과학자의 글을 두 편 읽고서, 이 책을 누군가에게 권할 일은 없겠다며 한숨을 쉬게 됐다. 전하려는 내용이 기대한 것과 맞아떨어지지 않았기 때문은 아니었다. 면밀한 논리가 부재하기 때문도 아니었다. 문체가 구태의연했기 때문이었다. 문장이 성기고 완고했다.

페이지를 넘기면 넘길수록, 이 좋은 내용을 이렇게밖에 전달할 수 없었던 걸까 하는 아쉬움이 커져갔다. 실망스러움은 언제고 이런 식으로 찾아왔다. 옳은 이야기를 하는 사람에게 종종 반감부터 생기던 일도 비슷한 경우였다. 옳은 이야기를 하는 사람은 어법에 대한 고민을 좀처럼 안 하는 걸로 보인다. 말투가 거슬려서 거부감부터 든다.

저자도 이 사실을 모르고 있지는 않을 것 같다. 옳은 이야기를 한다는 자부심이 너무 클 뿐이다. 사랑한다는 사실에 대한 명백함이 때로 사랑하는 방법을 궁리할 줄 모르듯이 말이다. 식상한 이야기처럼 들리지 않기 위해 옳은 이야기야말로 더 많은 궁리가 필요하다. 어쨌든 나는 이 책을 끝까지 읽어볼 참이다. 옳은 이야기를 대하는 예의를 다하고 싶기 때문이다.

다른
가족

버스 차창 밖을 두리번거리던 친구에게 물었다. "서울에서 살고 싶은 적은 없었어?" 친구는 내 질문이 끝나자마자 대답했다. "응." 건물이 너무 높고 길이 너무 넓어 올 때마다 신기하기는 한데, 살고 싶단 생각보다 어서 집에 돌아가고 싶단 생각을 더 많이 한다고 덧붙였다. 시를 쓰며 사귀게 된 시인 친구들은 서울에 더 많고, 고향 친구들도 이제는 다른 곳으로 떠나 만날 일이 거의 없어져 가지만, 서울은 정이 가질 않는다 했다.

강연이 있어 서울에 올라왔다는 친구의 가방 속에는 책 한 권이 있었다. 공동주택을 연구한 책이었다. 공동주거를 하는 공동체에 대한 꿈이 있는데, 공부를 해보려고 샀다며 책을 보여주었다. 서울의 친구들과 함께 차를 마시는 자리에 친구는 나를 끼워주었다. 친구의 친구들은 이미 그 비슷하게 살고 있는 사람들이었다. 그들은 많은 내용이 담긴 이야기도 간단하게 요약해서 주고받았다. 누군가의 얘기에 보내는 반응도 간결하고 간단했다. 제각각 앉아 있는 듯도 하고, 다정하게 모여 앉아 있는 듯도 했다. 오랜 우정이 빚어낸 독특한 대화방식이었다. 이방인의 어색함보다 이상한 동경심으로 그 자리에 앉아 있었다. 독특한 가족을 보는 듯했다.

결혼과 출산에 의한 가족이 아닌, 다른 방식의 가족을 탄생시키며 사는 이들을 요즘은 꽤 자주 목격한다. 오랜 고정관념에 안주하지 않고, 새로운 형태의 삶을 꿈꾸는 이들. 이런 사람들을 만나면 내게도 새로운 꿈이 생긴다.

독거•

"압력밥솥에서 압력이 빠지는 소리를 베토벤 5번 교향곡 운명만큼 좋아한다. 그 소리는 흩어진 식구들을 부르는 음악 같다".

일요일 아침에 일어나 압력밥솥에 밥을 안치고, 음소거가 된 듯한 혼자만의 방에서 오도카니 밥이 익기를 기다리는 시인을 생각해본다. 밥이 익어갈 때 뿜어대는 압력밥솥의 소리를 베토벤의 '운명'과 닮았다고 감지한, 시의 순간을 생각해본다. 혼자 있지 않았더라면 잘 들리지 않았을지도 모를 소리가 저렇게나 마침맞은 문장을 낳은 것에 대해 생각을 하는 것이다.

• 안현미, 〈독거〉, 《시로 여는 세상》, 2016년 봄호

최근에 내가 알던 한 아이는 집을 나와 독립했다. 그 아이의 찬장엔 친구들이 놀러오면 대접해줄 차 세트가 가득했다. 한 켠에 책상 하나와 한 켠에 이부자리가 깔린 것이 전부인 작고 허름한 방이지만, 그 아이는 친구들을 초대해 쪼그리고 마주 앉아 차를 마실 궁리부터 하는 것이다. 이제 친구를 만나느라 카페에 갈 일이 줄어들 테고 한 시간 시급 알바의 금쪽 같은 돈을 아낄 수 있을 것을 생각하니, 나도 모르게 엄마미소를 지었다. 때론, 친구를 재워주며 잠옷 차림으로 무릎을 가까이하고 마주 앉아 밤새워 속 깊은 이야기를 나누겠지. 아침엔 눈꼽 낀 얼굴로 친구에게 손수 지은 밥을 차려줄 수도 있겠지. 혼자 사는 작은 방에 깃든 것들이 누런 벽지와 곰팡이와 무력감과 고독만은 아니라는 걸 차차 알아가겠지.

누락

몇몇 한국 여행자와 뜻이 맞아 터키 동부 쪽으로 행선지를 옮겼다. 숙소에 짐을 풀고 와이파이가 되는 공용 공간에 모여 일제히 핸드폰부터 켰다. 모두의 핸드폰에서 메시지가 도착하는 소리가 차곡차곡 들려왔다. 외교통상부로부터 온 안내 메시지였다.

여행 위험 지역이니 어서 그곳을 벗어나라는 내용이었다. 우리가 어디에 있는지 핸드폰 하나로 추적이 가능하다는 점 때문에, 누구는 감시를 받는다는 표현을 썼고 누구는 보호를 받는다는 표현을 썼다. 어쩐 일인지 우리 중 한 사람에게는 메시지가 오지 않았다. 지금 여행 위험 지역에 도착해 있다는 사실보다 외교통상부의 감시망에서 누락되어 있다는 사실 때문에 그 사람은 갑자기 불안해했다. 그리고 온종일 외교통상부의 경고 메시지를 기다렸다.

터키 동부는 분쟁 지역이라서 안전하지 않은 곳이었다. 우리는 그때 동부 중에서도 반Van에 있었다. 아름다운 소금호수가 있는 곳이었다. 그 호수 한가운데에는 악다마르 교회가 그림처럼 놓여 있었다. 그 교회는 세계 역사상 최초로 기독교를 국교로 공인한 아르메니아 왕국의 교회였다. 그 전설적인 풍광이 보고 싶지만 치안이 안전한 곳은 아니어서, 혼자서는 못 낼 용기를 내어 여럿이 함께 오게 된 곳이었다.

다음 날 오후 즈음에야 외교통상부로부터 뒤늦은 문자메시지가 그에게 도착했다. 핸드폰을 트로피처럼 높이 들고 흔들며 "내게도 통보가 왔어요!"라며 그는 탄성을 자아냈다. 그 아름답던 소금호수와 교회를 둘러볼 때에도 나오지 않았던 탄성이었다.

무용한 선물

근사한 디퓨저를 선물로 받았다. 아름답고 무용한 걸 선물로 주고 싶었다는 쪽지와 함께. 갖고 싶기는 하지만 굳이 구입하려 하진 않았던 걸 선물로 받을 때면, 바라던 것이지만 바라는 마음만 품고 있었던 게 눈앞에 놓여 있다는 의미에서, 작은 소원 하나가 도착한 느낌이 든다.

며칠 전에는 친구가 되기 시작한 사람에게 피규어와 향초와 꽃차를 선물로 내밀며 생일을 축하해주었다. 쓸모없는 것들만 모아 상자에 담으면서, 취향을 알 수가 없으니 쓸모 있는 선물은 하고 싶어도 할 수가 없다는 사실이 좋았다. 취향을 너무도 잘 알고 무엇이 필요한지 잘 아는, 그만큼 가장 가까운 부모와 형제에겐 언제나 현금을 선물한다는 사실이 떠올랐기 때문이다. 막역하다는 것이 이럴 때만큼은 참으로 운치가 없다. 누군가를 아주 잘 알게 된다는 것은 그에게 가장 필요한 것이 돈이라는 걸 알게 된다는 뜻이 되어버리는 것 같으니까.

현금을 선물로 받길 원한다는 걸 알고는 있지만, 어쩐지 주는 내 마음이 서운하게 느껴지던 시절에는, 지폐 몇 장으로 종이접기를 시도해서 부모님께 드려본 적도 있다. 상자를 열었을 때 재미있어하는 표정이나마 보고 싶어서였다. 열 살이 된 내 조카는 가족끼리 주고받는 선물이 현금이라는 걸 알아채고서, 지난 설날에 내게 오만 원권 지폐를 선물로 주었다. 연필과 색연필로 감쪽같을 정도로 세밀하게 그린 위조지폐였다.

죄의식

〈스포트라이트〉[*]라는 영화를 보았다. 이런 유의 다른 영화에서 그랬던 것처럼, 클라이맥스에서 인쇄소 장면이 나왔다. 반으로 접힌 신문 1면이 착착착 인쇄되고 착착착 쌓여가는 장면. 갈등은 해갈되었고, 봉인된 불의가 만천하에 드러날 차례임을 알려주는 장면. 마침내 후련해지고 통쾌해지는 장면. 벅차오르는 정의감에, 영화 보는 맛을 드높여주는 장면.

나는 이 장면에서 망연해지고 말았다. 후련함이 찾아오지 않았다. 영화가 끝나고 내 표정을 살피는 후배에게 그 장면에서 기분이 좋았냐고 물어보았다. 짜릿했죠, 후배는 대답했다. 나는

* 토마스 맥카시 감독, 〈스포트라이트〉, 미국, 2015

그렇지 못했다고 고백했다. 후련함과 수치심이 서로 뒤엉켜, 착잡했다고 고백했다. 정의로움에 대한 순결한 희열을 만끽할 만큼, 이제는 나 자신이 순결하지 않다는 것을 나는 느껴버리고 말았다.

언제나 불의는 홀로 완성되지 않았다. 하나의 사건은 시스템과 연결되어 있었고, 시스템 안에서 살아가는 수많은 구성원과 연결되어 있었다. 각자의 자기 정당화, 각자의 피치 못할 사정, 각자의 선의에 입각한 타협이 각자의 침묵을 만들었다. 이것들이 결합하고 서로 도와야 불의가 비로소 완성되었다. 그 수많은 사람 중 한 명이 나는 결코 아니었다고 단언하기에는 내가 속한 준거집단에 나는 긴밀하게 연결된 채 살아왔다.

인쇄 장면 바로 전, 영화는 취재의 속도를 잠시 늦췄다. 사제들이 아니라 그 시스템에 초점을 맞추자고 데스크는 기자들을 설득한다. 진작에 이 사건을 특종으로 다루지 못한 결탁들과 비굴함들을 골고루 보여준다. 시스템 안팎으로 연결된 묵인의 카테고리 안에는 이 특종을 전두지휘해온 기자의 옛날까지 포함돼 있다. 그는 20년 전 이 스캔들을 소홀하게 기사화한 적이 있다. 제 손으로 썼지만, 기억도 나지 않는 사건이었다.

모른다는 것을 더 잘 알고 있기

영화 〈45년 후〉* 에는 45년 동안 동고동락하다 뒤늦게 찾아온 균열과 마주치는 노부부가 등장했다. 남편의 첫사랑에 대해 이야기를 들은 적은 있지만 아는 것보다 모르는 것이 더 많았다는 사실과 조우한 채로 부인은 갈등을 겪는다. 잘 안다는 믿음으로 오래 함께 해온 부인에게 남편은 점차 알 수 없는 사람으로 보이기 시작한다.

45년이 흘러서야 한 남자를 비로소 알게 된 것이라면, 45년 동안 남편으로 알고 있었던 남자는 누구였던 것일까. 한 사람이 한 사람을 잘 안다고 말한다는 건 과연 타당한 걸까. 이하석의

* 앤드류 헤이 감독, 〈45년 후〉, 영국, 2015

〈이미 알고 있는 것들에 대한 무지〉* 라는 시 제목이 떠올랐다.

시를 쓸 때에도 자주 이런 종류의 괴로움과 만난다. 가장 오래 탐구해왔고 가장 오래 지속해왔던 일에 대해 오히려 모르겠다는 입장이 될 때마다 두려움과 고단함을 동시에 느끼곤 한다. 나의 무지에 대하여 고단함을 느끼지 않고 달갑게 여길 때에야 간신히 새로운 모름에게로 한 걸음 걸어 들어갈 힘이 생긴다. 모른다고 느껴질 때보다 안다고 느껴질 때가 더 많았으면 좋겠다는 생각을 하기 이전에, 모른다는 것에 대해 더 잘 알고 있어야겠다는 생각을 한다.

* 이하석, 〈이미 알고 있는 것들에 대한 무지〉, 《연애 間》, 문학과지성사, 2015

의미 없는
대화

저쪽 테이블에서 목소리가 들려올 때마다 찡그렸다. 한 사람이 다른 사람에게 설교를 하는 듯했다. 연애에 대해 직장에 대해 인생에 대해. 목소리가 조근조근하면 그나마 나았을 텐데 톤이 높아 내 테이블까지 끼얹혀왔다. 내 테이블로 시선을 돌려 우리는 무슨 얘기를 나누고 있었더라 환기해보면 우리도 그렇게 다르지는 않았다.

"아, 힘들어" 하고 말하면 "그건 말이야"로 시작되는 충고가 들려왔다. 괜한 말을 꺼냈다 싶어 이내 후회를 했다. 술자리가 무르익으면 누군가 취기에 기대어 노래를 부르던 시절이 있었다. 누군가가 노래를 부르면 다들 따라 불렀다. 돌아가며 차례차례 노래를 부르기도 했다. 억지로 노래를 시키는 사람이 있어 그게 참 싫었더랬다. 요즘 같아서는 차라리 노래를 부르는 게 낫겠다 싶을 정도로 술자리의 대화가 때론 피로하다.

원하지 않는 충고가 부재하는 자리에 있고 싶다. 술자리의 피로함을 겪은 다음 날에 《백의 그림자》[•]를 자주 꺼내어 읽곤 했다. 은교와 무재가 나누는 대화는 의미가 없어서 격을 갖춘다. 한 사람이 한 사람에게 사랑을 피력하는 게 아니라 두 사람을 사랑으로 에워싸는 대화. 이런 대화가 그립다.

• 황정은, 《百의 그림자》, 민음사, 2010

비밀 기지

어릴 때 다락방에 올라가는 걸 좋아했다. 계단의 좁은 폭과 다락방의 낮은 층고가 딱 좋았다. 엄마는 종종 다락방에서 어떤 물건을 찾아오라는 심부름을 시켰다. 다른 심부름은 마지못해 했지만, 다락방 심부름은 반갑기 그지 없었다. 그곳엔 엄마가 아빠와 연애하던 시절에 받았던 편지들과 아빠가 어린 시절부터 읽어온 책들이 수북했다. 유행 지난 안 입는 옷가지도 수북했다. 하나하나 꺼내어 펼쳐보다 깜박 잠이 들었다. 손댄 적 없는 것처럼 물건들을 제자리로 돌려놓고 다락에서 내려오면 다른 세상에 다녀온 듯했다. 배를 깔고 누워 비밀 일기를 적어 아무도 모르는 구석에 감쪽같이 숨겨두었다. 내 책상에 앉아서는 검사를 받아야 할 공개일기를 거짓으로 썼다.

대학 시절에도 비밀 기지가 있긴 했다. 나만 아는 단골 찻집, 인적 드문 공원에 찜해둔 내 나무 아래 그 의자. 동네 서점의 귀퉁이 자리.

하지만 언젠가부터 비밀 기지를 가지지 않게 됐다. 따로 비밀한 시간을 보낼 이유와 여유가 없기 때문이었을까. 온갖 헤아림을 곱씹으며, 맨 얼굴로 오도카니 숨어 있는 장소는 아이에게만 필요했던 것일까. 아이는 자신에게 비밀 기지가 필요하다는 걸 어떻게 인지할 수 있는 걸까. 어른들은 어쩌다 그런 감각을 상실하게 된 걸까. 원하던 것들을 하나둘 소유할 수 있게 된 이 어른의 시간. 진심을 드러내어 비밀 일기를 쓰는 시간과 비밀한 장소는 어쩌다 잃어버리게 된 것일까.

비비안과
슈가맨

〈비비안 마이어를 찾아서〉[*]라는 다큐멘터리를 보았다. 평생 동안 남의 집 유모로 전전하며 살았고, 아무도 그가 사진을 찍는다는 걸 몰랐다. 사진을 필름 상태로만 간직했기 때문이다. 경매시장에서 우연히 유품을 낙찰받은 이가 산더미 같은 그의 필름을 인화했다. 그리고 그는 미술시장에 알려지기 시작했다. 많은 이들이 열광했다. 카메라를 목에 걸고서 자신이 만났던 사람과 목격했던 장면들을 하루하루 앵글에 담는 것, 그의 예술활동은 단지 그게 전부였을 뿐이었다.

다큐멘터리 〈서칭 포 슈가맨〉[**]이 떠올랐다. 슈가맨은 미국에

[*] 존 말루프, 찰리 시스켈 감독, 〈비비안 마이어를 찾아서〉, 미국, 2013

[**] 말릭 벤젤룰 감독, 〈서칭 포 슈가맨〉, 스웨덴 · 영국, 2011

서 앨범을 냈지만 몇 장 팔리지 않고 실패했다. 복제한 그의 앨범이 우연히 남아프리카공화국으로 흘러갔고, 그곳에서 그의 노래는 널리 퍼져갔다. 민주화 투쟁 과정 중에 그의 노래는 각별히 사랑받았고, 남아공의 역사와 함께 했다. 슈가맨의 음악이 남아공에서 추앙받는 전설이 되어 뜨거운 사랑을 받고 있을 때, 그는 음악을 접고 지구 건너편 미국의 디트로이트에서 일용 노동자로 살고 있었다. 그는 남아공에 초대되어 딱 한 번 공연을 했다. 그리고 다시 살던 자리로 돌아갔다.

비비안 마이어를 통해 슈가맨을 떠올리며 이런 생각을 했다. 만약 비비안 마이어가 인스타그램을 했다면? 만약 슈가맨의 음원이 인터넷으로 유통이 됐다면?

이제는 모두가 예술활동이 가능해졌다. 실시간으로 전시할 수 있게 됐다. 모두가 예술활동을 할 수 있게 된 이 시대에 예술의 의미는 무엇이 되어야 할까. 예술작품의 비범함이 아니라 예술활동의 평범함 속에 깃든 무언가가 우리를 일깨운다. 삶과 나란히 묵묵히 걸어온 흔적 같은.

새 친구

의류수거함 위에 커다란 곰인형이 앉아 있었다. 누군가와 오래도록 함께 한 티가 역력했다. 집에 들어가다 의류수거함 쪽으로 다시 돌아섰다. 곰인형을 안아들고 들어왔다. 우선 욕실에 데려갔다. 욕조에 물을 받고 바디샴푸와 베이킹소다를 듬뿍 넣어 반나절을 푹 담근 다음, 열심히 열심히 헹궜다. 물을 먹은 인형은 백 킬로그램은 되는 듯했다.

있는 힘을 다하여 지저분한 손발과 입 주변을 빠득빠득 닦았다. 짜도 짜도 물기가 가시지 않아 이삼 일을 욕실에 두고 조금씩 물기를 말려서 몸무게를 줄였다. 내 힘으로 들 수 있을 정도가 되었을 때 베란다의 햇볕 아래에 널었다. 이불빨래집게로 귀와 손과 발을 집어서 단단하게 매달았다.

베란다에 매달려 있는 이 녀석이 지나가는 사람에게는 어떻게 보일지 궁금해졌다. 벌을 서고 있는 것처럼 보일지, 일광욕을 하고 있는 것처럼 보일지, 그저 빨래처럼 보일지. 바깥에 나가 지나가는 사람처럼 쳐다보았다. 햇볕 속에서 한결 뽀얘진 녀석의 무심하고 순한 표정이 마음에 들었다.

녀석은 내 방에서 왕초 노릇을 할 것이다. 상상마당 앞에서 주워온 상상이, 지하 주차장에서 주워온 연두, 공원에서 주워온 오줌이, 베네치아의 수상버스에서 주워온 개구리, 제주도 벼룩시장에서 데려온 바닥이, 모두들 이 녀석을 좋아할 것 같았다. 누군가 핸드폰으로 사진을 찍고 지나갔다. 예뻐 보여 그러나 싶어 잠시 우쭐해하다, 혹시 원래 주인이었을까 싶어져 그 사람 뒷모양을 오래 지켜보았다.

살던 동네
산책하기

합정역에 우뚝 솟은 메세나폴리스를 올려다보았다. 이 건물만 없으면 이 동네는 참 괜찮았을 건데. 친구는 낯선 동네를 두리번거리며 걸음을 재촉했다. 마을버스 한 대가 다가오고 있었다. 성미산 갈까. 좋아. 마을버스로는 다섯 정거장. 버스를 타지 않고 걷기로 했다. 라일락이 환하게 피어 있는 연립주택을 지나고 있었다.

내가 인도에서 돌아오자마자 처음 부산에 가게 됐을 때였는데 말야. KTX를 탔는데 거의 앉자마자 내리는 기분이었어. 인도에서는 스물 몇 시간씩도 기차를 탔으니까. 그때는 서울로 돌아오면 동해든 남해든 가뿐하게 여행을 다닐 수 있을 거 같았어. 근데 그때뿐이었어.

친구는 고개를 끄덕이며 동네 간판들을 이리저리 살폈다. 분식집. 목욕탕. 자전거 수리점. 금은방. 반찬가게. 복덕방. 여기서부터는 성산동이야. 나는 길 안내를 했고 성미산에 올라가는 계단을 찾아냈다.

싸리꽃이 무더기 무더기 피어 있었고 그 아래 자그마한 제비꽃도 다닥다닥 피어 있었다. 진달래와 개나리는 지기 시작했고 등산복에 지팡이를 짚은 노인들이 느긋하게 앞서 걷고 있었다. 이건 무슨 꽃이지? 이게 왕벚꽃인 거 같은데? 우리는 놀이기구인 양 운동기구에 올라타서 주변을 둘러보고 있었다. 할머니, 이게 무슨 꽃이에요? 모녀처럼 보이는 할머니 두 분이 느리게 우리 앞을 지나가고 있었다. 이거 겹사쿠라야. 왕벚꽃이라고 부르기도 하고. 내가 맞혔구나 하고 친구를 돌아다보았다. 친구는 거꾸리에 거꾸로 매달려 빙그레 웃고 있었다. 내려오는 길에는 성서초등학교가 있었다. 머리를 양 갈래로 삐죽하게 묶은 꼬마가 깡총깡총 뛰면서 내리막길을 내려가고 있었다. 한 손에는 진달래꽃을 한 손에는 가정통신문을 들고 저쪽에 서 있는 엄마를 향해서.

이 동네에 와본 것 같아. 교복을 입은 여중생들이 하나둘씩 우리 곁을 스쳐 지나가고 있었고 그들의 실루엣을 기우는 햇빛이 황금색으로 에워싸고 있었다. 친구는 자신의 청소년 시절을 회상하는 듯한 얼굴빛이 되어 있었다. 있는 고생 없는 고생은 다 했다던 십 대의 나날들이 밀려오는 듯한 얼굴이 되어 있었다.

봄날이고 늦은 오후고. 이런 것도 이 골목이 근사해 보이는 이유 중 하나일 거야 아마. 조금 더 가면 남자학교도 나와. 경성고등학교. 한쪽 가슴에 서울 경 자의 로고가 새겨진 교복을 입은 남자애들이 버스 정류장에 몰려 서 있었다.

김밥 먹으러 가자 우리. 조금 더 걸으면 아주 유명한 김밥집이 있다는데. 우리는 핸드폰 어플을 켜고 유명하다는 연희김밥집을 검색했다. 굴다리를 건너서 조금 더 걸으면 되겠네. 어플에 나온 상점들은 대부분 다른 이름으로 바뀌어 있었다. 굴다리를 건넜고 큰 길의 건널목을 건넜고 조금 더 널찍한 골목이 시작되었다. 이 동네는 부자 동네인가 부네. 부자들이 좋아할 만한 가게들이 시작됐어. 피부관리숍. 와인숍. 웨딩촬영소. 프렌치 레스토랑. 연희김밥집은 허름한 곳이면 좋을 텐데. 그치, 허름하면서 어딘가 포스가 있는 곳이면 참 좋을 텐데.

지도가 알려주는 대로 좌회전을 하자마자 간판이 보였다. 테이블은 없고 포장만 되는 아주 작은 가게였다. 참기름 냄새가 진동했다. 메뉴는 오로지 가지각색의 김밥들뿐이었다. 식구로 보이는 다섯 사람 정도가 김밥을 마는 일에 몰두하고 있었다.

둘이서 삼인분의 김밥을 사들고 다시 지도를 열었다. 지도에 녹지로 표시된 곳을 크게 키워보니 궁뜰 어린이 공원이라고 적혀 있었다. 2분만 걸으면 된대. 공원의 벚나무 아래 벤치에 앉아 한 사람은 비닐을 뜯고 한 사람은 나무젓가락을 쪼개고 단무지 포장을 풀렀다. 맛있다는 말을 거푸거푸 내뱉으며 김밥을 나누어 먹었다.

바로 옆 모래사장에서는 아이들이 모래 장난을 하고 있었다. 저쪽에 서 있던 엄마가 한 여자애에게 손이 더러워진다고 하지 말라고 딱딱한 목소리로 외쳤다. 아이는 나뭇가지를 들고 모래를 조금 뒤적이다가 엄마를 향해 뛰어갔다. 단무지 하나까지 남김없이 싹싹 먹어치우고 우리는 다시 걷기 시작했다.

이 근처에 아주 오래된 '사러가 쇼핑센터'가 있는데 한번 가볼래? 네가 찾던 그 과자를 발견할 수도 있어. 수입식품을 파는 가게로 유명하거든. 두어 블럭을 걸어서 쇼핑센터에 도착했고

산더미처럼 쌓인 수입식품들 속에서 친구가 먹어보고 싶어 했던 과자를 찾으려고 애썼다.

동그란 와플처럼 생겼는데 아주 얇고 그 속에 캐러멜처럼 아주 끈적끈적한 게 들어 있어요. 친구가 주인에게 설명을 했지만 주인은 자꾸 웨하스를 권했다. 말린 문어슬라이스와 치즈포를 한 봉지씩 사들고 다시 걷기 시작했다. 합정역까지 버스 탈까? 친구는 이 동네에 작은 책방이 있는데 거길 찾아가보고 싶다고 했다. 동진시장 뒤쪽이랬어. 피노키오 책방. 피노키오 책방은 쉽게 찾았으나 월요일 휴무였다. 다음에 또 와보자.

연희동의 구불구불한 뒷골목을 따라 걸었다. 핸드폰이 방전되었다. 길을 잃을까 봐 두려워 큰길로 나갔다. 이 길은 예전엔 기사식당밖에 없었더랬는데. 참 많이 변했네. 친구는 푯말을 가리켰다. 경의선숲길이 조성됐다며? 숲을 만들기로 하면 이렇게 쉽게 숲이 생기다니. 친구는 터무니없다는 듯이 웃었다. 커피를 한 잔씩 사들고서, 문구점에 들러 공책을 한 권씩 사들고 횡단보도를 건넜다.

나는 아주 어릴 때 이 건물이 진짜 궁금했어. 이 까만 창 안을 들여다보면 뭔가 대단한 세계가 있는 것 같았거든. 친구는 나를 따라 창문에 코를 바짝 대어 안을 들여다보았다. 석고로 빚었을 법한 실물 크기의 하얀 말이 히힝 소리를 낼 듯이 앞 다리를 번쩍 들고 서 있었고 거대한 도시 모형이 그 옆을 둘러싸고 있었고 천장엔 비행기가 날고 있었고 바닥엔 군함이 놓여 있었다. 모형이라는 게 무엇인지 전혀 모르던 어린 날에 나는 여기가 가장 신비했다. 도무지 함께 있지 못할 것들이 아무렇지도 않게 함께 있었고 그리고 언제나 어두웠기 때문이었다. 날은 아직 저물지 않았지만 간판불은 하나둘 켜지기 시작하는 거리를 걸었다. 보름달이 노랗고 커다랗게 풍선처럼 떠 있었다.

처신

메뉴를 바라본다. "뭐 먹을까요?" 마주 앉은 두 사람이 서로에게 물어본다. "뭐 먹을래요?" 하고 물어보지는 않았다. 두 사람은 두 가지 음식을 둘이서 나누어 먹어야 한다고 암묵적인 약속을 한 듯하다. 자신이 먹고 싶은 걸 생각하고 있다기보다 저 사람이 무얼 먹고 싶을까를 생각한다. 두 사람은 지금 무얼 먹느냐가 중요하지 않다. 꼭 먹고 싶은 게 딱히 있는 것도 아니다. 한 끼 메뉴 정도는 상대에게 양보할 수 있다고 생각한다. 음식 두 가지를 협력해서 선택한다. 단, 두 가지 메뉴가 서로 균형을 갖추는 데에 더 신경을 써서 결정한다.

한 사람이 조금이라도 윗사람이라면 상황은 더 교묘해진다. 윗사람은 자신이 먹고 싶은 것을 선뜻 고르지 않는다. 그것은 얼마간 노골적이며 매너 또한 아니라고 생각하기 때문이다. 아랫사람이 자신이 먹고 싶은 것을 고를 리는 더더욱 없다. 윗사람이 먹고 싶은 것이 무엇일지를 예민한 촉으로 헤아려 골라야만 한다. 두 사람 앞에 음식이 놓인다. 음식을 먹으며, 두 사람은 긴히 나누어야 할 용건을 주고받는다. 음식을 마주하고 앉았으니, 유쾌하게 그 이야기가 마무리될 수는 있다. 하지만 음식을 맛있게 먹었다고는 볼 수 없다.

오늘 식당에서 밥을 먹으며, 옆 테이블을 관찰한 모습이 이러했다. 식사를 하는 와중에도 미세하고 세세하게 처신을 해야 하는 풍경. 조금 낯선 누군가와 함께 식당에 앉아 있던 내 모습들이 하나하나 스쳐갔다.

전문가를
만난 날

어제는 친구 집에 놀러 가는데 빈손으로 가기 뭣해 국숫집에서 국수 한 묶음을 샀다. 쑥을 넣은 쑥국수를 골랐다. 재래식으로 국수를 뽑고 햇볕에 널어 바람으로 말려서 국수맛이 남다른 가게였다.

진열장에 쌓아둔 국수들과 국수 만드는 공정이 담긴 팸플릿을 구경하며 한참을 매장에서 서성였다. 주인은 내가 쳐다보는 것을 함께 쳐다보며 자신이 알려주고 싶은 것들을 설명했다. 대를 이어 이 일을 해온 자부심이 얼굴에 묻어나왔다. 나는 "잘 먹겠습니다, 고맙습니다, 안녕히 계세요"를 반복해가며 서너 차례 꾸벅거리다 돌아섰다. 나도 모르게 그랬다.

오늘은 화초들을 분갈이하기 위해 흙을 사러 동네 비닐하우스 화원에 찾아갔다. 어마어마한 종류의 다육식물을 마치 식물원처럼 보유한 비닐하우스에 들어갔다. 비닐하우스를 어슬렁대며 하나하나 식물들을 구경했다. 그냥 지나치지 못하고 세 가지를 골라서 흙 한 포대와 함께 계산대 앞에 섰다. 주인은 하나하나마다 사인펜을 들고 이름표를 써서 꽂아주었다.

이걸 다 외우시냐고 여쭈었다. 여기 있는 이 수백 종을 다 외운다는 대답을 들었다. 다 외우긴 외우는데 가끔은 기억이 안 나는 이름들도 있다며, 겸손한 대답을 곁들인 주인은 마사토 두어 삽을 더 퍼서 담아주었다. 봉지 커피 한 잔도 내게 권했다. 커피를 받아들고 식물원에 온 듯 앉아 있었다. 나는 "잘 키우겠습니다, 고맙습니다, 또 올게요" 서너 차례 허리를 굽혀 인사를 했다.

여름 이야기

최초의 경험

사람
구경

종일 바닷가에 누워 있었다. 텐트를 치고 그 안에 들어가 누워 있자니, 햇빛과 바람과 사람들의 소리가 은은하게 내 공간 안으로 들어왔다. 유별난 목소리가 들려오면, 지퍼를 열고 빼꼼 바깥을 내다보기도 했다. 단어로만 말하는 아장아장 걷는 아기들부터 휠체어에 말없이 앉아 있는 노인까지, 현수막을 들고 단체사진을 찍는 무리부터 혼자 카메라를 들고 수평선을 담는 사람까지.

해가 뉘엿뉘엿 질 때까지 사람 구경을 실컷 했다. 사람들이 나누는 대화를 조금씩 엿듣게 되면서, 모두가 기분 좋게 찾아온 장소지만 사람들의 결은 어찌나 저마다인지, 나와 다른 이들의 다른 기분들에 괜시리 관심이 갔다.

커플룩으로 무장한 연인이 내 옆에 돗자리를 펴고 앉았다. 바다를 배경으로 셀카봉을 들었다. 다정한 사진을 찍는 데에 무척이나 열심이었다. 남자가 먼저 웃통을 벗었다. 여자도 카디건을 벗었다. 속에 입고 있던 커플 수영복이 드러났다. 남자가 먼저 반바지를 벗었다. 여자도 우물쭈물하며 반바지를 벗었다. 여자는 추위를 타는 듯했다. 바닷속에 들어가 몇 사람 정도가 물놀이를 하고는 있지만 대부분 발만 담그며 찰방거리는, 오월의 차디찬 바다였다.

두 사람은 손을 맞잡고 신나게 뛰어 바다에 몸을 담갔다. 남자는 신이 났지만 여자는 움츠리고만 있었다. 마주 서서 대화를 나누는 듯했다. 한참을 그렇게 서 있었다. 남자는 더 깊은 물 속으로 들어가버리고, 여자는 물 바깥으로 나왔다. 다시 카디건을 챙겨 입는 여자의 입술은 새파랬다. 한껏 웅크리고 앉아 바다만 바라보았다. 남자는 자유영과 배영을 번갈아 하면서 유유히 수영을 즐겼다.

여자가 훌쩍이기 시작했다. 추위 때문인지 눈물 때문인지 구분이 안 되는 표정이었다. 남자가 여자에게 다가왔다. "그럴 거면 수영복을 사달라고 떼를 쓰질 말든가." 아빠가 딸아이에게 할 법한 말투였다. 여자는 아무 대꾸도 하지 않고 잘 개켜진 비치타올을 남자에게 건넸다.

"어머니, 여기 서 보세요." 중년의 여인이 바다를 등지게 할머니를 세우고는 커다란 카메라를 들었다. 자신이 쓰고 있던 모자를 벗어 할머니에게 씌워주고 몇 컷, 스카프를 다시 매주면서 또 몇 컷, 웃어보시라면서 또 몇 컷을 찍었다. 할머니는 흡족한 얼굴로 한껏 멋진 자세를 취했다.

여인의 옆에 서 있던 소녀가 이번엔 할머니가 서 있던 자리에 가서 브이 자를 그렸다. "엄마, 뒷모습도 찍어줘." 소녀는 뒤를 돌아 바다를 바라보고 고개만 돌려 또 카메라를 바라보았다. 카메라를 내려놓고 서 있는 여인에게 소녀가 보채듯이 말했다. "찍고 있어?" 여인은 카메라가 무거워서 더 이상 들고 있을 수 없다고 퉁명스레 말했다. 소녀는 여인에게 볼멘소리를 했다. "엄마는 내 사진 찍을 때만 인색하더라?" 여인은 할머니의 뒤를 쫓으며 더 볼멘소리를 했다. "너는 셀카 찍어도 되잖아." 이미 팔짱을 끼고 저쪽으로 걸어가는 두 사람을 두고, 소녀는 혼자 핸드폰을 높이 들어 바다를 배경으로 열심히 셀카를 찍어댔다.

"이야, 여기 진짜 예쁘다. 바다 색깔 좀 봐." 여자애가 들뜬 목소리로 말을 하자마자, 옆에 서 있던 남자애가 버럭 짜증을 냈다. "아, 진짜. 아까 거기가 훨씬 낫지." 여자애와 남자애는 각자의 핸드폰으로 각자의 셀카를 찍으며 계속 투닥거렸다. 아까 거긴 사람이 너무 많아서 별로라는 의견과 아까 거기에 사람이 너무 많은 긴 거기가 더 예쁜 곳이기 때문이라는 의견을 각각 내세웠다.

"사람이 많으면 시끄럽고 여유가 없는데 그런 데가 왜 좋아?" 여자애는 다부지게 남자애를 설득하려 했고, 남자애는 어이가 없다는 표정이었다. "인기 있는 곳은 원래가 그런 거야." 여자애는 여기서 커피를 한 잔 마시며 한적하게 앉아 있고 싶은 눈치였고, 남자애는 더 많은 곳을 돌아보자고 보채는 눈치였다.

여자애는 연신 바닷가 카페를 흘낏거렸고 남자애는 헬멧을 벗지 않고 스쿠터에서 내리지도 않은 채 당장 떠날 기세였다. 여자애가 먼저, 여기에서 커피를 한 잔 마시고 있을 테니 한 바퀴 돌고 다시 오라고 남자애에게 제안했다.

남자애가 다시 돌아와서 커피를 다 마시고 혼자 기웃대며 사진을 찍고 있는 여자애를 스쿠터에 싣고 떠난 후에야, 나는 텐트를 걷고 기지개를 펴고 일어났다.

해 지는 풍경을 보려고 고갯마루에 올랐다. 보라색 엉겅퀴꽃이 황금빛 햇살을 받으며 피어 있었다. 나비가 날아와 꽃 위에 앉아 열심히 꿀을 빨았다. 손을 대면 따가워서 눈으로만 보고 있었는데, 나비는 아무렇지도 않은 듯이 앉아 오래오래 꿀을 빨았다. 고갯마루에 오르니, 저편 들판이 한눈에 들어왔다. 방목해 둔 누렁 소들이 풀을 뜯으며 꼬리를 살랑거렸다. 유독 한 마리가 음메— 하며 길고 긴 울음소리를 냈다. 몇 번을 음메— 하며 우렁차게 울었다.

다람쥐처럼 나를 앞지르던 꼬마와 아직 계단 아래에서 헉헉대고 있는 엄마가 나를 사이에 두고 큰소리로 대화했다. "저 소는 왜 저러는 거야?", "글쎄, 소 마음은 소가 알겠지.", "같은 사람이지만 엄만 내 마음 잘 모르잖아.", "그러는 넌 엄마 마음을 잘 알아?" 두 사람은 슬며시 잡고 있던 손을 놓았고, 꼬마는 저만치 뛰어 앞장을 섰다. 해 지는 걸 보고 내려올 때까지 두 사람은 서로 말을 하지 않았다. 아이는 아이대로 나비를 쫓아 뛰어다녔고, 엄마는 엄마대로 허리를 숙여 가만히 꽃을 내려다보았다.

모두가 사랑하는 사이인 것은 분명해 보였다. 어쨌거나 함께 여행을 온 사람들이었다. 사랑하는 사이라는 것보다 여행을 하고 있다는 걸 조금 더 앞세우는 순간, 대화는 엉켜들었다. 기념사진을 찍어가며, 여행 중이라는 증거를 어딘가에 남기려 애를 쓸수록, 곁에 있는 사람과 불화했다. 여행을 배려하느라 동행을 배려하지 않는 모습을 종일 목격하면서 나는, 머릿속으로 더 나은 대화법을 연구하고 있었다.

저렇게 말하지 말고 이렇게 말하지, 싶은 마음은 내게도 마음일 뿐이었다. 내가 저 상황이었다면, 분명코 더했으면 더했지 했다. 사랑을 표현하고 요구하는 방식에 우리들은 짐작보다 훨씬 더 서툰 것임이 분명했다. 서로 무엇을 원하는지 잘 몰라서 대화가 안 되는 게 아니었다. 무엇을 원하는지 서로 잘 알면서도 정작 다른 무언가가 더 중요해서 대화가 잘 될 수 없는 사이가, 이 세상엔 어쩌면 더 많을 것 같았다.

최초의
경험

"그런 일은 건성으로 해야 돼." 내가 고민을 말하자마자, 함께 차를 마시던 선배가 한 말이었다. 선배는 입꼬리를 약간 끌어올려 미소를 지었고 나를 쳐다보았다. 다정하고도 다부진 말투였다. 선배를 따라 나도 입꼬리를 올리고 빙그레 웃었다. 괜시리 기분이 좋아졌다.

선배가 "건성으로 해도 돼"라고 말해준 것이 아니었다. 안 그러는 게 더 좋지만 그래도 충분히 괜찮다는 뜻이 아니었다. 선배는 "건성으로 해야 돼"라고 말했다. 나는 "해야 돼"라는 말의 단호한 어감이 좋았다. 그것은 성실함의 반대말인 '건성'을 지지하는 말이었기 때문이다.

공부를 해야 돼. 성실해야 돼. 참아야 돼. 독서를 해야 돼. 모

두가 옳다고만 믿어온 것들과 함께 해온 "해야 돼"라는 말. 공부를 해도 돼. 성실해도 돼. 참아도 돼. 독서를 해도 돼. 이런 말들은 거의 들어본 적도 해본 적도 없다.

"해야 돼"는 번번이 지당한 단어와 결합되어 일말의 선택권도 허락이 안 되는 숨통 막히는 말이 되어버린 것이다. 옳고 좋은 것을 강압적으로 추락시켜버린 나쁜 서술어가 되어버린 것이다. 그래서 지당한 것들이 지긋지긋함과 연루되게 만든 것이다.

그 강요의 말이 오늘은 차 한 잔을 놓고 마주한 오후에, 성실의 반대말과 함께 사용되었다. 오늘은 강요가 아니라, 강요의 반대 방향으로 숨통이 생기는 걸 느꼈다. "해야 돼"라는 말이 강압이 아니라 해방감이 되었던, 최초의 경험이었다.

익숙한 낯섦

여행을 마치고 비행기에서 내려 입국절차를 밟기 위해 이동했다. 터미널과 터미널을 연결해주는 트레인에서 내려 에스컬레이터로 이동하는 잠깐 동안, 나도 모르게 탄성을 뱉었다. 엄청난 속도로 걸음을 걷는 인파가 낯설게 눈에 들어왔기 때문이었다. 사람들이 내딛는 걸음이, 그 속도가, 영화의 한 장면처럼 비현실적으로 보였다. 돌아왔구나 싶은 안도감이 들기도 했다. 반가웠고 착잡했다. 또다시 이 속도로 살아내야 한다고 생각하니 저절로 한숨이 새어 나왔다.

여행지에서 나는 번번이 답답해했다. 식당에 앉아 주문한 음식을 기다리면서. 가게에서 물 한 병과 생필품 몇 가지를 고르고 계산이 끝나기를 기다리면서. 번번이 어느 정도의 인내심을 발휘해야만 했다. 이들은 왜 이렇게 굼뜬 걸까. 이러고도 장사가 가능할까. 의아해했더랬다. 굼뜨다고 핀잔을 들으며 살던 나에게마저 답답함을 주던 사람들에게 어느새 익숙해져 버렸던 걸까. 서울의 속도감이 비현실적인 느낌으로 다가왔다.

집에 돌아와 배달음식을 시키려다 말고 밥을 사먹으러 바깥으로 나갔다. 두어 블록을 걸어 식당에 도착해 밥을 먹고, 마트에 들러 간단한 장을 보고 집에 돌아왔다. 짧은 동선에서도 순간순간 너무 빨라서 흠칫흠칫 놀랐다. 우리는 빨라도 너무 빠르다. 빠른 것이 주는 편리함을 지나치게 선호한다. 불가능한 것들을 가능하게 하는 것이 오랜 끈질김이 아니라 속도일 때, 그 위태로움이 무섭다.

마법에
대하여

내가 아이였을 땐, 마법이 일어난다고 생각했다. 마법이 실재한다는 것을 느껴본 적은 없지만, 마법이 아니고서는 그럴 수가 없다고 생각되는 일들을 너무 많이 목격했기 때문이었다. 마법의 주문을 조금쯤 엉터리로 외우고 있었거나 마법을 걸 때의 집중력이 조금 모자랐기 때문에 내게 마법이 일어나지 않는다고도 생각했다. 이 생각을 맨 처음 한 건 다섯 살 때였다.

티브이 속 그녀의 이름은 '지니'였다. 그녀는 청소를 해야 할 때마다 팔짱을 끼고 눈을 찡긋거렸다. 그러면 그녀의 집은 반짝반짝 광이 나며 깨끗해졌다. "제자리에 다 갖다 놔!" 하며 호통을 친 채 홱 하고 돌아서는 엄마의 등 뒤에 남아, 나는 팔짱을 끼고 눈을 찡긋거렸다가 떠보곤 했다.

한 번도 내 방은 반짝거리지 않았다. 아직도 나는 손수 청소기를 돌리고 걸레질을 하고 사물들을 제자리에 가져다 놓을 때마다 지니가 떠오른다. 이 수고로움에 대해 억울한 마음이 남아 있다.

아동잡지 같은 것을 구독하기 시작했던 열 살 무렵엔 과학 지면에서 '순간 이동'에 대한 기사를 읽었다. 그때 나는 너무 먼 동네에 있는 피아노학원엘 매일매일 다녀야 했다. 순간 이동이 필요했다. 배워보고 싶었다. 비행술, 독심술, 둔갑술에 대해서도 간절함이 있었다. 나를 핍박하는 어른들을 이기려면 특별한 능력이 필요했다. 이 모든 기술의 핵심은 정신집중에 있었다. 매일매일 집중력을 키웠다. 눈을 꼭 감고 있을 때 눈 안에 맺히는 알록달록한 점들이 아래로 흘러내리는 것을 갑자기 끌어올리는 능력, 마음속으로 열심히 주문을 외워 내가 아는 것만 시험에 나오게 하는 능력 같은 것을 비범하게 이뤄내기 시작할 무렵이었다.

혹한이 찾아왔고 폭설까지 내리던 날, 순간 이동을 실천해야 할 위기가 왔다. 피아노를 다 배우고 돌아가는 길에서, 동생이 추위 때문에 칭얼대며 힘들어했다. 동생에게 순간 이동과 집중력에 대해 친절히 설명을 해준 다음, 우리는 마주 서서 두 손을 잡고 눈을 꼭 감았다. 한참 동안 정신을 집중해서 그렇게 서 있었다. 그리고 다시 눈을 떴을 때 우리는 그 자리에 그대로 서 있었다. 하는 수 없이, 그 많은 눈을 다 맞으며 먼 길을 걸어서 집에 돌아왔다.

열두 살 어린이날로 기억하고 있다. 엄마는 〈피터팬〉을 보여주겠다며 서울로 여행을 가자고 했다. 피터팬이 공중을 훨훨 날아다니는 아이라는 사실에 존경심을 갖고 있던 나는, 설레며 서울의 세종문화회관으로 향했다. 윤복희가 피터팬을, 추송웅이 후크선장을 연기하는 어린이 뮤지컬이었다.

우리 가족은 맨 앞 좌석에 나란히 앉아 공연을 보았다. 피터팬은 날지 않았다. 낚싯줄에 걸려든 물고기처럼, 등 쪽에 와이어를 달고 안쓰럽게 매달려 다녔다. 후크선장은 손수 와이어를 손에 들고 악어인형을 끌며 무대를 뛰어다녔다. 악어에게 쫓기고 있다며 야단법석을 떨었다. 동생은 후크선장이 악어에게 잡아먹힐까 봐 잔뜩 긴장을 하고 있었다.

"잘 봐, 손으로 끈을 쥐고 있잖아. 저걸로 악어를 끌고 다니는 거야."

나는 동생에게 귀띔해주었고, 동생은 벌떡 일어나 다급한 목소리로 외쳤다.

"선장님! 그 끈을 놓으세요!"

인간은 도구 없이는 결코 날아다닐 수 없는 존재임을 알려준 건 소설 속 '메리 포핀스'였다. 그녀는 현명하게도 우산을 쓰고 날았다. 검정 우산만 있으면 됐다. 그러나 내 우산은 노란색이었고 동생 것은 빨간색이었고 아빠 것은 곤색이었다. 우리 집엔 그 흔한 검정 우산이 없었다.

교실 한 켠에 놓여 있는 우산꽂이에서, 남의 검정 우산과 내 우산을 바꿔치기 해볼까 기회를 노린 적도 많았지만, 도둑질을 하면서까지 굳이 하늘을 날고 싶은 마음은 없었다. 하늘을 날더라도 떳떳하게 날고 싶었다.

검정 우산도 구하지 못했고 그리하여 비행술도 체험해볼 수 없는 신세였지만, 크게 외치기만 해도 행복해진다는 "수퍼칼리프래질리스틱엑스피알리도셔스Supercalifragilisticexpialidocious!"란 주문은 외우게 됐다. 받아쓰기 틀린 것을 백 번 쓰는 숙제를 하듯, 나는 이 길고 긴 주문을 능란하게 외우기 위해 많은 노력을 기울였다.

얼마의 시간이 흐른 후, 비행술에 갖던 관심이 사라졌다. 그동안 꿈속에서 원하는 만큼 날아봤기 때문이기도 했지만, 하늘을 난다고 딱히 더 좋을 것도 없다는 걸 알았기 때문이다. 하늘을 날아서까지 간절히 가고 싶은 곳도 없었다.

그렇다고 해서 마법에 대한 집착이 그때 끝나버린 건 아니었다. 토끼풀만 보이면 쪼그리고 앉아 네잎클로버를 찾는다. 하나라도 찾아내야 자리에서 일어난다. 그간에 찾아내어 책 사이에 끼워둔 네잎클로버는 백 개는 족히 넘는다. 대개 누군가에게 주었다. 행운만이 마지막 남은 구제책이라 주장하는 우울한 친구가, 내가 너무나도 사랑한 나머지 더 큰 행운을 더 보태고 싶은 특별한 친구가 갖고 싶다는 눈빛을 보이면 선뜻 건네준다. 그리고 내가 거쳐온 마법들에 대한 이야기도 들려준다.

내 얘기를 듣고 나면 웬만해서는 이 주문을 외우고 싶어한다. "수퍼칼리프래질리스틱엑스피알리도셔스!" 친구는 까마득히 잊고 있던 주문과 마주치고 활짝 웃고 아이의 얼굴이 된다. 까마득히 잊고 있던 것과 마주친 듯 활짝 웃게 되는 일. 어쩌면 나는 그게 마법이라고 여기는 것일지도 모르겠다.

펫숍

펫숍 앞에는 늘 쇼윈도를 들여다보는 사람들이 있다. 한 칸에 한 마리씩, 태어난 지 얼마 되지 않았을 강아지들이 그 안에 담겨 있다. 잠을 자거나, 졸거나, 축 처져 있다. 눈꼽은 새까맣게 붙어 있고, 맥없이 주로 늘어져 있다. 기운이 하나도 없어 보이고 어딘가 아파 보이기도 한다. 그런 강아지들을 보고서 아이들은 "어머, 귀여워!" 하고 소리치며 갖고 싶다 발을 동동 구르기까지 한다.

유리창 안팎의, 강아지들과 열광하는 사람들을 한꺼번에 구경하며 나는 번번이 표정이 일그러지곤 한다. 강아지가 귀엽지 않다는 건 아니다. 자그마한 몸집. 인형 같은 털. 귀엽기는 하다. 하지만 저 아픈 듯한 모습 때문에 귀엽다는 느낌은 도저히 들지 않는다. 연약하다 못해서 안쓰럽고 불쌍하다는 생각이 더 든다. 저렇게 놔둬도 되는 걸까 걱정이 된다. 마음이 쓰여 눈살을 찌푸리게 된다. 저렇게 힘없어 보이는 강아지를 꼭 전시해야 했을까 싶어, 가게주인에게 화가 나기도 한다.

그 모습이 귀엽다고 소리치는 이들의 눈에는 저 강아지들이 졸고 있는 게, 작고 연약해 보이는 게 더 귀여워 보이는 것일까. 아니면 혹시라도, 강아지의 건강하지 못한 상태는 보이지 않고 그저 자그마한 형태만이 보이는 걸까.

펫숍에서 전시하는 순종 강아지들이 공장에서 어떻게 태어나는지를 보여주었던 다큐멘터리가 떠올랐다. 이 사람들의 눈에 행여나 강아지의 상태는 안 보이고 형태만 보였을지도 모른단 생각 때문에 섬뜩해진다.

내가 죽어라 반복하고 연습해서 얻은 것들

손가락 딱소리 핑거스냅. 혀 위에 방울을 만드는 것. 새끼발가락만을 따로 움직이게 하는 것. 귀 움직이기. 팔꿈치에 동전을 올려놓고 감쪽같이 손으로 옮기는 마술. 껌을 꿀꺽 삼키자마자 목구멍에서 다시 꺼내기. 자전거 타기. 제기차기. 공기놀이. 줄넘기. 사진기 앞에서 자연스러운 피사체 되기. 피아노. 컴퓨터. 문방구에서 절제하는 것. 안면근육으로 환하게 웃는 법. 무서워 보이는 표정 짓기. 아프다고 말하지 않는 것. 가볍게 사랑한다고 말하는 것. 경쾌하게 고맙다고 말하는 것. 문자에 하트 찍기. 이모티콘 쓰기. 웃으며 거절하는 것. 쓸데없는 물건 버리기. 할 말을 다음 박자에 하는 것. 잘난 척하는 법. 정확한 표현을 찾는 것. 인내하기. 남는 말과 남는 감정을 길모퉁이에 버리기.

용서. 용서하지 말아야 될 것들을 밀봉하여 더 이상 노려보지 않는 법. 빈 곳을 그냥 비워두는 것. 추위를 견디는 것. 가끔씩만 지각하기. 제멋대로 여행을 훌쩍 떠나버리는 것. 기억해내는 것. 기억의 반복으로 모서리를 마모하고 통점을 없애는 것. 싫어하나 꼭 해야 할 일을 하는 것. 헤헤거리는 것. 오늘처럼 어딘가 무언가 잘 살고 있다는 자신감이 현저히 떨어지는 날에 엄마와 함께 잡채를 만들어 배가 빵빵할 때까지 먹는 것. 오늘처럼 자전거를 타고 밤길을 달려보는 것. 밤공기에 콧구멍을 벌름대고 보도블록의 울퉁불퉁함에 엉덩이를 맡기고 바람의 보드라움에 거북이처럼 얼굴을 내놓는 것. 무의미한 것들의 유의미함을 몸소 실천하는 것.

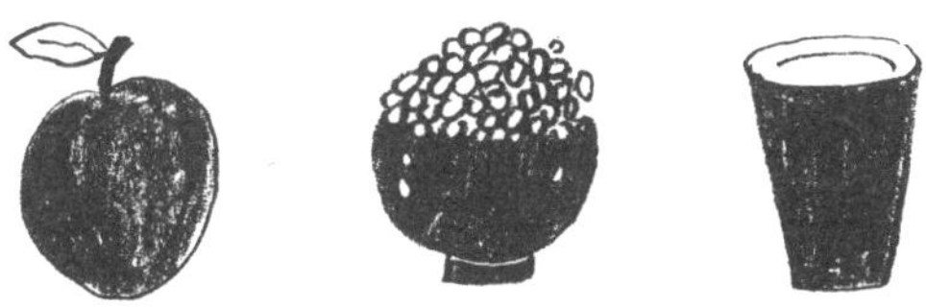

똑똑한
단순함

이번 제주도 여행엔 야영을 하려고 텐트를 샀다. 아는 바가 없어서 소위 '원터치텐트'라는 것을 샀다. 가방에서 꺼내 던지면 그대로 펼쳐진다는 제품이었다. 중소기업의 제품이지만, 방수가 되고 방충망이 있고 양쪽 개폐장치 때문에 맞바람으로 환기도 할 수 있어서 제법 마음에 들었다. 이 텐트는 설치가 쉬운 반면 다시 접어 가방에 넣는 일이 조금 까다로웠다. 복사용지 크기의 설명서는 그림으로 한 단계씩 요령을 안내하고 있었다.

설명서를 따라 여러 번 연습을 거듭하고서야 제대로 접을 수 있게 되었다. 하지만, 몇 달이고 창고에 넣어둔 채 사용을 안 하게 된다면 또 요령을 잊어버리게 될 게 뻔했다. 설명서를 잃어버리면 안 될 것 같았다. 텐트만큼이나 텐트를 수납하는 가방만큼이나 설명서가 중요했다. 잃어버리면 어쩐담, 하는 순간에 발견을 하게 되었다. 가방 안쪽에 설명서가 박음질로 부착되어 있다는 사실을 말이다. 가방을 잃어버리지 않는 한 설명서를 잃어버릴 일은 없도록, 나처럼 어설픈 사람이 매번 설명서에 의존해서 텐트를 접을 수 있도록 고안되었다.

설명서 맨 아래쪽에는 이런 친절한 문구가 있었다. "이 설명서는 방수천 위에 특수 인쇄로 제작된 것이니 잦은 빨래에도 그림이 지워지지 않습니다." 오래 쓰고 누군가에게 물려줄지라도, 접는 비법을 몸소 전수하지 않아도 된다. 방 속에 놓인 텐트 속에 누워 팔베개를 하고 빙그레 웃는다. 이 단순하고 당연한 아이디어를 고안한 사람을 상상해본다.

피아노

다섯 살에 피아노를 처음 배웠다. 엄지손가락으로 도를 제대로 치고 나면 검지손가락으로 레를 칠 때마다 손가락이 미끄러져 내리곤 했다. 그러다 검지손가락으로 레를 똑바로 치면, 엄지손가락으로 도를 칠 때 손가락이 건반 아래로 뚝 떨어져버렸다. 도레도레도레…를 손쉽게 무한반복하는 다른 아이들이 너무 부러웠었다. 그때는 피아노 선생님한테 등짝을 맞기도 했지만, 그걸 기어이 해내고 싶어서 죽어라 연습했다. 홀연히 도레도레를 자연스럽게 칠 수 있게 되는 순간에 내 손가락으로 쳤던 도레도레도레만의 무한반복은 나에게 더없이 아름다운 선율이었다.

열다섯 살에는 울고 싶을 때마다 피아노 앞에 앉았다. 피아노는 거실의 벽 한 면을 향해 있었고 피아노 앞에 앉으면 가족들을 외면하고 벽만 바라볼 수 있기 때문이었다. 피아노 앞에 있을 때마다 나는 빠른 곡들을 주로 연주했다. 손가락이 건반 위를 분주하게 돌아다닐 때에, 등 뒤에서 그 소리를 들으며 식사를 준비하던 엄마는 뿌듯함을 느끼셨고, 나는 아무것도 느끼지 않을 수 있었다. 그래서 그게 좋았다.

화분의 반역

화분이 깨졌다. 저쪽 창가에 놓여 있던 화분이었다. 바람도, 창가의 커튼도 가만히 있던 오전이었다. 화분이 낙상을 한 것은 아니었다. 서랍장 위에 그대로 놓여 있었다. 다만, 화분의 절반이 떨어져 나가 방바닥에 산산조각으로 흩어졌다. 한쪽이 떨어져 나가니, 화분은 단면을 드러냈다.

허연 뿌리가 뱀처럼 똬리를 틀고 있었다. 화분 가득 징그러울 정도로 꽉꽉 차 있었다. 너무 크게 자란 뿌리가 원인인 것 같았다. 작아져 버린 화분을 견디다 견디다, 뿌리가 반역을 일으킨 것이 분명해 보였다. 꽁꽁 갇혀 있던 이것이 안쪽으로부터 발산되는 힘만으로 이토록 단단한 그릇을 터트린 것이다.

갇힌 힘. 갇힌 힘이 남모르게 커져간다는 것. 그리하여 기어이 자신을 가둔 것을 부순다는 것. 뿌리가 커져가는 것만으로도 자신을 가둔 세계를 부숴버릴 수 있는 힘이 된다는 걸, 오늘 나는 목격했다.

빗자루와 쓰레받기를 들고 여기저기 흩어진 화분조각을 치우다가 내 방을 둘러보았다. 극락조는 돌돌 말린 새순을 꼿꼿이 세우며 지금 새 식구를 잉태하는 중이다. 깻잎은 누렇게 시들다가 다시 살아나는 중이다. 마리안느는 날마다 한 장씩 새 잎을 만드는 중이다. 내가 '천사'라고 부르는 이름 모를 이파리는 영생을 흉내내는 것만 같다. 산책하다 꺾어 온 손톱만 한 들풀인데, 시들 때까지만 바라볼 요량으로 물도 준 적이 없이 장난감 같은 화병에 꽂아둔 게, 1년이 넘도록 푸르다.

그녀의
비결

아주 가끔씩만 만나는 친구를 오늘 만났다. 밤 목련을 함께 보러 가자고 제안했을 때에 내가 응하지 못한 이후 이제야 만난 것이니, 올해 들어 처음 얼굴을 본 셈이다. 가끔씩만 만나는 친구라서일까. 그녀가 내 앞에 있을 때면 처음 그녀를 알게 된 20여 년 전을 떠올게 된다.

그녀는 그때나 지금이나 내내 한결같고, 그러면서도 만날 때마다 달랐다. 다른 면모가 돋보이는 사람을 많이 알고 있는 편이지만, 과거의 자기 자신과 달라지고 있는 사람은 거의 알지 못한다. 과거보다 더 나빠지는 경우를 제외하면 말이다.

그녀는 늘 내가 기억하던 그 사람이 번번이 아니다. 모습이야 나이가 들어 젊었던 시절처럼 반짝반짝할 리 없지만, 그녀는 새로운 반짝거림을 느끼게 해준다. 어째서 그런 느낌을 주는지, 오늘에야 그 비결을 엿보았다.

그녀는 대화 중에 함께 했던 지난 이야기를 미담처럼 다시 꺼내지 않는다. 추억을 재생하는 레퍼토리를 즐기지 않는다. 서로

익히 아는 오래된 상처를 꺼내어 내밀한 관계임을 새삼 확인하지도 않는다. 대신, 다음 달에 무얼 할지, 내년에 무얼 할지, 새롭게 꾸고 있는 꿈이 무엇인지에 대하여 묻는다.

그녀는 책임지던 것들을 계속 책임지며 살고 있고, 새로이 책임지고 싶은 것들을 언급한다. 책임지는 과정에서 생긴 에피소드들을 무심하게 꺼내놓는 게 전부다. 그녀의 대화법은 그렇게나 암울했던 그녀가 그 누구보다 빛나 보였던 비결 중 하나였다.

동물
좋아하세요?

나란히 걷던 사람이 말을 걸어왔다. "동물 좋아하세요?" 처음 만나 건네는 첫 질문치고는 좀 엉뚱했다. 집이 어딘지, 고향이 어딘지, 형제가 어떻게 되는지, 호구조사에 가까운 것들에 관심을 보이지 않는 게 신선했다. 그 사람은 고양이와 함께 산다고 했다. 나는 핸드폰 바탕화면을 보여주었다. 한없이 유순한 표정을 짓고 있는 진돗개 사진이었다. 친구가 문자로 보내준 것이라고 설명도 덧붙였다.

말로 전하는 안부 대신에 동물들 사진을 보내주는 친구 이야기를 들려주었다. 키우는 고양이가 키보드 위에 엎드려 있는 사진, 손바닥 위에서 잠자고 있는 고슴도치 사진, 해맑게 뛰어노는 강아지 사진 같은 것들을 잔뜩 보내주는 것으로 안부의 말을 대신하는 친구가 있는데, 말보다 더 보송한 다정함이 전해져서 좋다고 말했다.

말에 실리는, 사람을 쥐락펴락하는 힘을 잊고 싶을 때가 더러 있다. 말에 실린 힘의 왕래가 부재하는 사이를 가장 좋은 사이라 믿을 때가 점점 더 많아진다. 과장되고 우스꽝스러운 이모티콘으로 말을 대신하며 문자를 주고받는 게 널리 퍼지게 된 것도 나 같은 사람이 많기 때문일 것 같다.

고양이를 키운다는 그 사람의 말에 그저 고개만 끄덕이고 만 것에 뒤늦게 후회가 되었다. 다음에 만나면 물어봐야겠다. 함께 사는 고양이의 이름은 무엇인지를. 어쩌다 그 이름을 갖게 됐는지를. 어쩌다 고양이와 함께 살게 되었는지를. 분명히 복잡한 사연들이 담겨 있을 텐데. 그 이야기를 다 들은 다음엔 핸드폰에 잔뜩 들어 있을 고양이 사진도 보여달라고 말해야겠다.

능소화

장미의 시간이 가고 능소화의 시간이 왔다. 주황이 주렁주렁 늘어진 담벼락을 만나니, 초여름의 싱그러움이 피부에 와닿았다. 아래로 처지지 않고 하늘을 향해 올라가고 있는 모습 때문이었을까. '능소화'라는 이름은 참 거창하기도 하다.

업신여길 능, 하늘 소. 하늘을 업신여긴다는 이 건방진 뜻을 어떻게 이해해보면 좋을까. 양반들의 꽃이라고도 불렸고 장원급제를 한 어사의 화관에 장식을 했다 하여 어사화라고도 불리는 꽃. 지식인들의 표상처럼 사용된 이 꽃의 생김새는 참으로 순박하기만 하다.

생김새와는 다르게 기세와 자세는 하늘을 향해 꼿꼿해서 능소화라 불리는 꽃. 하늘을 능멸하는 듯해서가 아니라, 하늘을 능멸할 기세여도 가히 순박하기만 해서 사랑을 받아온 꽃. 친구와 함께 능소화 핀 담벼락을 바라보며 노천카페에 앉아, 냅킨에다 '능'과 '소'를 한자로 여러 번 끼적이며 얘기를 나누었다.

소나기가 쏟아지기 시작하면 빨래를 걷느라, 창문을 닫느라, 장독 뚜껑들을 닫느라 온 집안을 재빠르게 움직이던 어릴 적 고향집에서도 능소화가 피어 있었다. 내가 사는 신도시에선 아직 능소화를 본 적이 없다. 서울로 외출하여 오래된 골목을 걸었을 때에 비로소 능소화를 발견할 수 있었다. 내년에는 우리 동네 아파트 담벼락 아래에다 능소화 모종을 심어봐야겠다고 마음을 먹어둔다. 그 순박한 생김새와 더불어 그 건방진 이름 하나를 곁에 두고 지낼 상상을 해본다.

옛집
마당

경주에 찾아갈 계획을 세웠다. 인터넷 지도를 펴고 내가 살았던 성건동 집을 찾아보았다. 동네가 많이 변해서 로드뷰를 이리저리 돌려보아도, 뛰어놀던 골목을 찾는 건 쉽지 않았다. 맨 처음 경주를 다시 찾아갔던 건 스물세 살 때였다. 십 년 만에 다시 찾아간 그 동네엔 내가 식별할 만한 게 아무것도 남아 있지 않았다. 그래도 길을 걷다가 이 즈음일 것 같다는 느낌만으로 멈춰 섰고 어느 집 대문 안을 살짝 들여다보았다. 어린 시절 부모님이 북천에서 주워다 심어둔 석상이 마치 나를 기다리고 있었다는 듯이 마당에 그대로 있었다.

뵌 적은 없지만 본 적은 있는, 조너선의 할머니가 떠올랐다. 스코틀랜드 사람 조너선은 핸드폰을 꺼내 내게 구글맵을 보여주었다. 자기 고향집이 있는 에든버러 외곽을 확대해가면서, 외딴집 지붕 하나를 가리켰다. 자신이 이 집에서 태어났다며 화면을 더 확대해 보였다. 집 마당에 서서, 호스를 손에 들고 잔디에 물을 주고 있는 사람이 보였다. 이분이 자기 할머니라고 조너선은 활짝 웃었다. 지도에다 대고 "안녕? 할머니!" 하고 인사했다. 조너선은 할머니가 보고 싶을 때마다 이 위성사진을 확대해 바라본다 했다.

우리 집 마당의 석상은 조너선의 할머니처럼 아직도 거기에 있을까. 유년시절의 내게는 거대하고 우람한 형상이었던 돌. 실은 그저 그런 돌이지만, 내가 가장 행복한 시간을 보냈다는 걸 증명해주는 내게는 유일한 이미지인 돌.

폭염 특보

핸드폰이 요란한 소리를 냈다. 재난경보가 울렸다. 폭염특보가 내려졌으니 야외활동을 자제하라는 메시지였다. 그러잖아도 외출할 엄두를 내지 못한 채, 아이스커피를 손에 들고 창문 바깥을 내다보던 참이었다. 오늘 중으로 서류를 보내야 할 일이 있어 외출을 해야만 했다.

폭염이 살갗을 포박하듯 에워싸는 걸 인내하며 동사무소를 향해 걸어갔다. 주민등록등본도 떼야 하고 여러 대학에서 증명서들을 발급받아야 했다. 서류를 신청하고 발급을 기다렸다. 손님이 아무도 없는 늦은 오후, 직원들은 창문에 옹기종기 모여 바깥을 내다보았다.

"소나기가 온댔는데", "그럼 특보도 풀릴까?", "와, 우리 여섯 시에 퇴근하게 되는 거야?", "그랬으면 좋겠다", "특보 풀리면 내가 쏠까?", "진짜?" 창문에 옹기종기 모여 있는 직원들의 뒷모습은 마치 소풍날 아침 비 내리는 창문을 내다보는 아이들과 같았다. 비가 내려 실망스러운 것이 아니라 비를 기대하고 있다는 점만 달랐다.

동사무소 입구에 부착된 '무더위 쉼터'라는 안내판이 기억났다. 평상시에는 오후 여섯 시까지, 폭염특보가 시행되어 밤 열 시까지 연장운영을 한다 했다. 동사무소를 무더위 쉼터로 활용하고 있는 주민은 단 한 명이었다. 에어컨 앞에서 코를 골며 단잠을 자고 있었다.

드디어 세차디세찬 소낙비가 마구 쏟아졌다. 직원들은 서로서로 하이파이브를 하며 탄성을 질러댔다. 환하게 웃으며 박수를 쳤다. 나도 따라 웃었다.

어김없음

장난삼아 도라지 씨앗을 심어둔 화분에선 도라지 꽃이 피었다. 며칠 전엔 봉오리였는데 오늘 아침엔 풍선처럼 빵빵해져 있었다. 이 봉합된 봉오리가 실선을 조금씩 터트리면서 꽃잎을 벌리는 모습을 꼭 지켜보리라 다짐했다.

그 앞에 퍼질러 앉아 그것만 쳐다보았다. 얼마든지 오래오래 기다려서, 오후에야 그 실선이 터지는 모습을 볼 수 있었다. 사실, 어떤 굉장한 힘으로 그것이 팡! 터질 줄 알았다. 그런데 그것은 꽤나 수줍게 우물쭈물하면서 조금씩 조금씩 누가 볼까 봐 눈치를 보듯 꽃잎을 벌렸다.

반대편에 심어둔 한련화 씨앗에서는 이미 한련화가 만개했다가 지고 있다. 땅콩만 한 씨앗들이 똑또글 똑또글 화분 주변에 떨어져 있다. 그걸 또 주워서 잔에 모아둔다. 져버린 매발톱꽃의 마른 꽃받침 속에는 연필심처럼 삐죽삐죽한 꽃씨들이 까맣게 여물고 있다. 이면지를 반으로 잘라 꽃씨들을 받아서 약 싸는 약사처럼 접어둔다. 겉면엔 날짜도 적어둔다.

짧은 글 하나를 쓰고 났을 때엔 맞은편 집 창문에서 불빛이 비치는 걸 발견했다. 누군가 나처럼 밤을 새우고 있는 걸까. 영광교회 첨탑 속에 까치집이 들어 있다는 것도 새로 알게 됐다. 첨탑 속에는 까치집이 연립주택처럼 층층이 세 채가 있었다.

해 뜰 무렵이면 들렸던 새소리는 저 식구들의 것이었음을 새로 알았다. 온종일 하릴없이 집안에서 소일한 날, 재미있고 굉장하고 새로운 것들이 어김없이 나에게 나타났다.

여름을
여름답게

옥수수 한 상자가 배달되어 왔다. 시골에서 옥수수 농사를 하는 지인이 해마다 이맘때면 보내주는 선물이다. 상자를 열어 빼곡하게 누운 옥수수들을 꺼내 다듬으면서 번번이 나는 아, 여름이로구나 한다. 옥수수 껍질을 약간 남겨둔 채로 옥수수 한 상자를 한나절을 들여 모두 쪄낸 다음, 두세 개씩 나누어 냉동고에 넣어두고 그때그때 꺼내 데워 먹는다. 좀 더 한가한 어느 해 여름에는 옥수수수염까지 살뜰하게 챙겨서 물을 끓여 마셨다. 냉동고가 옥수수로 그득해지면 여름 한철을 잘 먹고 지낼 것 같은 포만감에 미리 뿌듯해지곤 했다.

칼국숫집에 들어가 칼국수가 아닌 콩국수를 찾게 되고, 콩물을 한 병 사들고 집에 돌아온다. 그런 날은 우뭇가사리 가루로

묵을 쑤어서 오이를 채 썰어 넣고 콩물을 부어 저녁으로 먹는다. 수박을 쪼개어 접시에 담아 책상에 앉는다. 메타세콰이어 숲이 울창한 창문 바깥을 내다본다. 누군가에겐 복숭아로, 누군가에겐 자두나 참외로 여름이 다가올 것이다. 누군가에겐 팥빙수로, 누군가에겐 소매 없는 셔츠와 반바지와 샌들로, 누군가에겐 물놀이로 여름이 다가올 것이다.

며칠 전에는 술자리에 앉아 있다가 바깥에 나가 길가에 쪼그려 앉았다. 야외에 죽치고 앉아 친구들과 두런두런 이야기 나누기에 참 좋은 밤이었다. 조금 더 여름이 익어가면 논이 많은 우리 동네엔 개구리들이 시끄럽게 울어댈 것이다. 낮에는 매미가 울어댈 것이다.

엄마에게 여름은 오이와 열무로부터 시작되었다. 오이지를 담그고, 열무김치를 담근다. 비빔밥부터 냉국까지, 수많은 변주 속에서 오이지와 열무가 엄마의 여름 밥상을 책임진다. 아삭아삭한 소리가 입안에서 울려 퍼지면, 여름은 무더움의 시간이 아니라 시원함의 시간인 것만 같아진다.

여름에는 빨래를 더 자주 하게 되고 빨래는 더 더디 마르고 이불도 자주 빨아야 한다. 음식은 쉬이 상하고 욕실이며 주방을 더 정갈하게 유지하기 위해 집안일에 할애하는 시간도 더 많아진다. 습기도 다스려야 하고 벌레도 다스려야 한다. 아 덥다 하면서 늘어져 있을 시간이 그리 많지 않다.

지난 일요일엔 집에서 부산하게 여름의 하루를 보내다가, 영화 〈걸어도 걸어도〉*가 생각나서 다시 보았다. 옥수수만큼이나 고레에다 히로카즈의 몇몇 영화가 여름을 여름답게 상기시키기에 안성맞춤이다.

한여름의 물놀이에서 장남을 잃은 가족이 기일을 함께 지내기 위해 한자리에 모이는 것으로 영화는 시작된다. 죽은 장남을 더 찬란하게 기억하는 부모와 어딘지 주눅이 든 살아 있는 차남. 가족의 만남은 껄끄럽고 어수선하다. 기일에는 '요시오'라는 사람이 해마다 찾아온다. 죽은 장남이 물에 빠진 이 사람을 구하려다 죽게 되었기 때문이다. 생명의 은인의 제삿날에 찾아온 요시오 군이 돌아간 다음에 차남은 어머니에게 이제 저 사람을 그만 오게 하자고 말한다. 우리 만나는 걸 괴로워하는 것 같다면서. 그때 어머니는 이렇게 대답을 한다. "그래서 부르는 거야.

* 고레에다 히로카즈 감독, 〈걸어도 걸어도〉, 일본, 2008

증오할 상대가 없는 만큼 괴로움은 더한 거야. 그러니 그 아이한테 일 년에 한 번쯤 고통을 준다고 해서 벌받지는 않을 거야. 그러니까 내년, 내후년에도 계속 오게 할 거야."

무심한 듯 혼잣말인 듯 잔인한 마음을 내비치는 어머니의 초점 없는 눈동자를 보고 있으면 등골이 오싹해진다. 무성한 여름의 잔인한 일면을, 여름의 진짜 속살을 만지는 느낌이 든다. 어머니는 그런 눈빛으로, 가족들이 모이는 그 하루에 종일 부엌에서 여름 음식을 만들었다. 감자샐러드를 만들고 고소한 기름냄새를 온 집안에 풍기며 옥수수튀김을 만들었다.

꿀물의 주인

앞머리가 이마를 덮고 있는 것마저 성가시게 느껴질 정도의 폭염이었다. 왁자지껄하던 놀이터마저 텅 빈 오후였다. 재활용 쓰레기를 버리러 분리수거함에 다녀왔다. 몇 걸음 걸었을 뿐인데 이마에 땀이 흥건했다. 1층 현관 앞 계단에서 할머니 한 분이 어깨를 늘어뜨리고 앉아 있었다. 얼굴은 벌겋게 상기되어 있었고, 옆에는 빗자루와 쓰레받기가 놓여 있었다. "안녕하세요" 하고 인사를 했다. 할머니는 "너무 덥네요" 하며 한 손으로 빗자루를 꼭 안아 쥐었다.

집으로 들어서자마자 냉장고를 열었다. 냉수를 컵에 콸콸 따른 다음, 냉동고에서 얼음을 꺼내 가득 채웠다. 꿀을 듬뿍 넣어 숟가락으로 휘휘 저었다. 컵을 들고 다시 현관문을 열고 바깥으로 나갔다. 할머니는 계시지 않았다. 지하주차장으로 내려가보았지만 할머니는 보이지 않았다. 컵 속에서 달그락거리던 얼음들은 작아져 갔다. 다시 1층 현관으로 나가 바깥을 이리저리 둘러보았다. 컵을 내려다보았다.

꿀물의 주인은 어디로 간 걸까. 컵 속 얼음들은 모두 녹아 있었다. 바닥은 갓 걸레질을 마친 자국이 선연했다. 등을 기대지도 못하는 계단참에 앉아 10분도 쉬지 못한 채, 다시 일어나 빗자루질을 하고 걸레질을 했을 할머니를 떠올렸다. 할머니를 대신해서 나는 꿀물을 벌컥벌컥 마셨다. 시원했다. 할머니가 내게 준 꿀물 같았다. 빈 컵을 들고 집에 들어와 청소를 시작했다. 무릎을 꿇고 걸레질을 하자 땀이 흘렀다.

생활

친구는 한식은 별로인데 밥이 먹고 싶다고 말했다. 뜨거운 음식도 차가운 음식도 피하고 싶다고 했다. 친구를 데리고 나는 초밥집에 갔다. 친구는 자신의 까다로운 요구사항들을 모두 통과한 음식을 맛있게 먹었다. 집에서라면 이럴 때에 어떤 음식을 차려 먹는지에 대해 우리는 대화를 나누었다. 주먹밥과 오차즈께가 차례차례 호명됐다. 음식을 요령껏 간단히 만드는 이야기를 하다가, 요리와 청소와 빨래의 세계에 대한 이야기를 나누었다.

매일매일 하고 또 해도 끝이 없더라는 이야기. 끝냈을 때의 상쾌함과 뿌듯함에 대한 이야기. 나는 글을 쓰다 진전이 없을 때면 손을 시원하게 하고 싶어 설거지를 한다고 말했고, 친구는

정성스레 빨래를 개고 나면 마음이 정갈해진다고 말했다. 마룻바닥 한가운데에 털푸덕 앉아 빨래를 쌓아놓고 하나씩 하나씩 모서리를 맞추는 친구의 모습을 상상했다.

이 친구가 쓴 시들 중에서 그러나 빨래를 개는 장면을 본 적은 없는 것 같아서 한편으로는 의아했다. 밥을 짓거나, 나물을 무치거나, 이불 빨래를 하거나 운동화를 빨거나, 걸레질을 하거나 행주질을 하는 장면이 등장하는 시를 읽어본 기억이 드물다는 생각을 했다.

생활 아닌 것들로 거의 이루어지는 우리들의 시. 작품이 되어본 적 없는 우리들의 생활. 생활은 어째서 시에게서조차 말하고 싶지 않은 세계가 되어 있는 걸까. 생활이 곧 자부이자 자랑인 세계는 평범하기만 한 걸까. 평범함은 어째서 시가 사랑해주지 않는 걸까.

지키다

수박의 계절이 끝나간다. 수박은 온 가족이 둘러앉아 와삭와삭 베어 물며 더위를 잊기에는 최적의 과일이다. 하지만 가족이 없는 사람에게 수박은 혼자서는 다 먹지 못하는, 감히 한 통의 수박을 사들고 집에 들어오는 일이 사치에 속하는, 덩치가 지나치게 커서 그림의 떡 같은 느낌 또한 주는 과일이다. 게다가 너무 무겁다.

한 여인이 수박을 들고 땡볕 아래를 오래 걸어 집으로 가는 길. 그 길이 만약 언덕길이라면 고행과 비슷한 느낌을 줄 것이다. 그래도 낑낑대며 집에 수박 한 통을 들고 가기 위해 땀을 뻘뻘 흘리는 것. 수박을 담아 든 나일론 노끈에 손바닥이 아려와 이쪽 손에서 한번 저쪽 손에서 한번, 걸음을 멈추고 수박을 바

꿔 드는 것. 그것을 한 시인은 '사랑을 지키다'* 라고 표현했다.

여름이 끝나간다. 사랑을 지킨다는 것은 무엇일까. 애써 지켜온 사랑도 계절처럼 서서히 질 수 있고 그래서 언젠간 꿈 깬 자리처럼 감쪽같이 사라질 수 있다. 그럴 때 수박을 놓쳐버린 사람처럼 망연해질까. 아니면 수박을 배불리 다 먹은 사람처럼 시원해질까. 사랑을 지킨다는 건 도대체 뭘까.

그러고 보니 지킨다는 것은 수박처럼 무거운 느낌이 난다. 단단한 느낌이 난다. 속은 여리고 붉은 느낌이 난다. 땡볕 아래에서 지난 여름 동안 무언가를 지켜내기 위해 이를 악물었던 모든 이들을 위해 가을의 서늘한 이마와 투명한 구름이 저만치서 다가오고 있다.

* 박시하, 〈사랑을 지키다〉, 《눈사람의 사회》, 문예중앙, 2012

가을 이야기

꿈 끝의 골목

예정대로였다면

예정대로였다면 지금 나는 아바나의 오비스포 거리에 앉아 두리번거리며 행인들을 구경하고 있을 것이다. 지금쯤이면 몇 번씩 마주쳐 통성명을 한 동네사람도 있을 것이고, 단골 커피집도 확보해두었을 것이다. 예정대로였다면 지금 나는 그곳에서 단행본의 원고정리를 끝내고, 교정지 파일을 받기 위해 인터넷이 가능한 장소를 찾아 헤맬 것이다. 어쩌면 멕시코나 콜롬비아 같은, 인터넷 환경이 나은 나라로 떠나려고 궁리할 것이다. 예정대로였다면 그랬을 텐데, 지금 나는 엉뚱하게도 경기도의 어느 대학에서 야외 의자에 앉아 옥수수 수염차를 홀짝이고 있다.

소나무 숲에서 풍겨오는 솔 향기와 힘없이 우는 매미소리에

코와 귀를 내어주고 앉아 있다. 예정에 없던 곳에서 예정에 없던 일을 하면서, 예정대로였다면 내가 지금 어디에서 무얼 하고 있을지에 대해 생각해보고 있다. 예정했던 곳에서 예정했던 일을 한 적보다는 예정에 없던 곳에서 예정에 없던 일을 한 적이 훨씬 많았다는 것을 다시 생각해보고 있다.

예정에 없던 장소는 마음의 준비를 하지 않았기 때문에 더 낯설고 더 의아하다. 지금 이곳도 한적한 곳의 여느 편의점처럼 야외 파라솔이 있고, 그 아래에 플라스틱 의자가 있다. 내 옆 의자에는 이십 대의 학생들이 옹기종기 모여앉아 "방학 어떻게 보냈어?" 하며 음료수를 나눠 마신다. 나는 예정에 없었던 곳에 와 있다는 이유만으로 이곳을 신기해하며 낯설게 관찰하는 중이다. 가본 적 없는 오비스포 거리에서처럼.

내가
모르는 것들

엄마는 요새 허리가 굽어졌다. 보폭도 좁아져 종종거리며 걷는다. 엄마와 보름달을 보러 공원에 가면서, 허리를 조금만 펴보시라고 애원 섞은 잔소리를 했다. 엄마는 길을 걷다 쇼윈도 같은 데에 자기 모습이 비치면 깜짝 놀라 허리를 펴보려 애를 쓴다고 했다. 허리를 잠시 폈다 다시 구부리며, "이제 이게 더 편하다" 하셨다.

함께 보름달을 한참 바라보며 서 있다가, 무슨 소원을 빌었는지 엄마가 내게 물었다. 소원을 비밀로 하고 싶은 나는 "엄만 몰라도 돼요"라고 대답했고, 엄마가 빈 소원은 어떤 것인지를 여쭸다. "너는 알 수 없는 것"이라는 대답이 돌아왔다.

엄마가 저 멀리 서 있는 것처럼 느껴졌다. 아무 말도 덧붙이지 못한 채, 여든의 엄마와 엄마 얼굴에 드리워진 달빛만을 바라보았다.

요즘 날씨가 딱 좋다는 내 말에, 새벽 여섯 시는 벌써 으슬으슬 추워졌다는 걸 알고 있느냐던 친구의 얼굴이 떠올랐다. 춥고 캄캄하다고. 새벽 여섯 시에 날마다 출근을 하는 친구의 얼굴도 '너는 알 수 없는 것'을 말해주는 표정이었다.

공감할 수 있다고 섣불리 말할 수는 없는 어떤 얼굴. 나만 알고 있는 세계를 바랐고, 나만 알고 있는 세계를 가장 깊이 이해한 자가 되려고 애를 쓰며 살고 있지만, 나만 알고 있는 것은 거의 없고 나만 모르는 것들이 더 많다는 걸 점점 더 알아채며 살아간다.

단어 하나

손님이 문을 열고 들어서며, 머리를 하려면 많이 기다려야 하냐고 물었다. 곱게 빗질을 해가며 내 머리카락을 잘라주던 미용사는 "이분 마무리는 해드려야 해요"라고 대답했다. 마무리라는 단어 때문에 잠깐 내 얘기가 아닌 줄 알았다. 이제 막 의자에 앉아서 이제 막 머리카락을 자르기 시작했기 때문이다.

미용사는 손님에게 기다림의 여부를 어느 쪽으로도 확정적으로 말하지 않았다. 단지 '마무리'라는 단어만을 사용했다. 손님은 그 단어에 실린 뜻을 손님이 원하는 쪽으로 받아들이고서 기다렸다. 기다리면서 여기저기 전화도 걸고, 이런저런 잡지들도 들춰가며 딱히 지루해하지 않으며 당연한 듯 기다렸다.

확정적으로 말하지 않은 미용사의 어법이 좋게 느껴졌다. 우선, 상술로써는 그만이었다. 손님은 미용사의 말을 자의적으로 해석하고 자발적으로 선택한다. 손님에게 선택권을 주는 어법을 쓰면서도 손님의 판단이 자신에게 유리해질 가능성을 염두에 둔 어법을 사용했다. 아무 불평 없이, 마무리라 하기엔 너무 긴 시간을 기다리고 있는 손님의 순순한 모습을 보자, 동네 장사를 하기에 영 무뚝뚝하고 눌변으로만 보이던 미용사가 고수처럼 느껴졌다.

머리를 다 자르고 미용사가 드라이어를 손에 들자, 나는 이제 됐다고 집에 들어가는 길이라 손질은 안 해도 그만이라고 바쁜 척을 하며 자리에서 일어났다. '마무리'라는 단어에 내포된 소요 시간이 마음이 쓰여서 나도 모르게 미용사에게 협조적인 행동을 하고 말았다.

시집을 선물하는 시대

황금연휴에도 휴식을 갖기 힘든 후배를 위해 그의 서점에 가서 일일 아르바이트를 했다. '일일 시집 구매 상담소'를 차렸다. 읽고 싶은 시집에 대해 구매자가 간략히 언급을 해주면 그에 맞춤한 시집을 소개하는 것이었는데, 저자의 붉은 도장이 찍힌 인지가 붙어 있는 활판본 옛날 시집이나 사람들에게 잘 알려지지 않은 귀한 시집들을 마음껏 권해보았다.

몇몇 손님은 선물로 줄 수 있는 시집을 권해달라며 선물 받을 사람에 대해 나름의 묘사를 전해주었다. 선물 받을 사람이 초록색을 좋아한다는 것 말고는 아는 게 없다는 손님에게는 초록색 표지의 시집을 몇 권 골라주기도 했다.

시집을 선물하는 시대가 다시 오다니. 1980년대에 대학을 다닌 나에겐, 까마득하게 잊고 있던 과거가 먼 길을 돌고 돌아 미래처럼 문 앞에 당도한 느낌이 들었다. 시집을 가장 열렬히 읽고 가장 소중하게 선물로 주던 마지막 세대가 되었다고 생각해버린 지 30년 가까이 지났는데, 선물용 시집을 구매하며 웃는 청춘들을 직접 목격하게 될 줄이야.

어떤 분은 읽고 나면 '어쩌라고?' 하는 마음이 들지 않는 시집을 권해달라고 했다. 손님은 절망투성이 인생도 불안하고 벅찬데, 시가 그 절망을 처절하게 보여주는 것이 괴롭다고 첨언했다. 절망의 나락을 용감하게 보여주는 것이 시의 가장 귀한 속성이었으나, 이 속성도 다 옛날 일이 아닐까 싶은 생각을 해보게 되었다.

지금의 청춘들에게 절망의 나락은 굳이 시집을 펼쳐 읽지 않아도 가장 자주 만나는 지긋지긋한 국면이 되어버렸는데, 시는 그것을 신랄하게 보여주지도 못하고 그저 낭만적이고 미학적이게 보여주려 애를 쓰고 있는 것은 아닐까 싶은 것이다.

어째서 다시 시집이 읽히고 시집을 선물하는 시대가 돌아오게 된 걸까. 사람을 만나도 진지한 이야기를 나눌 겨를이 없어서일까. 진지한 얘기를 꺼내면 놀림받는 분위기 때문에 진지함은 혼자만의 시간에서나 누려야 할 은밀한 영역이 되어버린 탓일까. 매정한 시대에 건조한 표정으로 살아야 하는 사람에게 감성의 영역이 복용해야 마땅할 영양제가 된 탓일까. 인간의 얼굴이 도무지 어떤 모습이어야 하는지 실제로 만나는 얼굴들로부터는 확인받을 길이 없어서 가장 내면의 얼굴을 엿보고 싶은 욕구가 생긴 것일까. 시는 잠깐잠깐 한 편씩 읽을 수 있는 것이어서 늘 시간이 없는 우리에게 용이하게 읽히는 걸까. 말에 대한 피로함과 침묵의 시간에 대한 소중함을 동시에 해갈할 수 있는 영역이어서일까. 어제를 복제한 듯한 오늘을 사는 일이 파리해서 생생하게 살아 있는 목소리 한 자락을 듣고 싶은 간절함 때문일까. 아니면, 출구가 모두 봉쇄된 듯한 시스템 안에서 지리멸렬함을 견디다 견디다 자유에 대한 감각이 마비되어 시를 통해서라도 인공호흡을 해보려는 마지막 도전 같은 것일까.

독자는 가장 듣고 싶은 말이 적혀 있는 시집을 찾아 헤맨다. 꼭 듣고 싶은 한마디가 시에 적혀 있기를 바란다. 이 시대에 가장 듣고 싶은 말은 무엇일까. 사랑한다는 말도, 희망이 있다는 말도, 인간을 믿어보자는 말도, 세상은 그래도 아름답다는 말도 뻔히 거짓말인 줄 다 아는 시대다. 어쩌면 뻔한 거짓말이 거짓말이 아닐지도 모른다고 다시 한번 고려하게 만든다는 이유로 시가 다시 읽히는 것은 아닐까. 다시 한 번 사람을 믿어보겠다며 다른 방식으로 고백해보고 싶어서 시집을 선물하게 되는 건 아닐까.

미안함과 후련함

렌터카를 느릿느릿 운전하며 작은 마을을 돌아다녔다. 돌담 사이로 삐죽하게 자란 코스모스도 구경하고 나처럼 어슬렁대는 동네 개들도 구경하며 이리저리 두리번거렸다. 모퉁이를 돌자, 까만 잠수복을 입은 해녀들이 물질을 마치고 집으로 걸어가는 뒷모습이 보였다. 망사리 안에 든 것이 궁금해서 더 천천히 운전했다. 고개를 빼고 쳐다보았다. 해녀 한 사람이 버럭 소리를 질렀다. 구경났냐며, 쳐다보지 말고 빨리 지나가라 다그쳤다. 당황한 마음에 얼른 골목을 빠져나왔다. 민망했고 미안했다. 관광객들에게 그들이 얼마나 시달려왔을지를 생각하니 두고두고 찜찜했다.

경주에서 살던 코흘리개 시절의 내 모습이 떠올랐다. 행렬을 이루며 지나가던 관광객들 중 하나가 길가에 쪼그려 앉은 내게 다가왔다. 귀엽다며 머리를 쓰다듬었다. 삽시간에 십여 명이 내 머리를 차례차례 쓰다듬기도 했다. 이름을 물었고 나이를 물었다. 이름도 나이도 말해주기 싫었다. 아무렇지 않게 내 머리를 쓰다듬던 손길이 싫었다. 까맣고 꾀죄죄한 꼬마였던 내게 하얗고 깔끔한 그들이 해주는 귀엽다는 말도 싫기만 했다. 주인인 양 골목을 장악한 채 시끄럽게 지나가던 그들은 동네꼬마들의 얼굴에 카메라를 들이댔다. 화를 내고 싶었지만, 아무 말도 못했다. 긴 행렬이 지나간 이후 다시 골목을 차지해 잠깐 놀다 또다시 비켜야 했다. 그래서일까. 해녀들에게 욕을 먹었는데, 묘하게 후련했다.

불쑥

주야장천 묵묵하게 외골수처럼 작품을 발표해온 작가의 신작 소설집을 읽었다. 좋은 소설이었다. 잠자코 살아가고 있는 인물들의 심연에 불쑥 물컹한 손을 집어넣었다가 뺀다. 집어넣었다가 빼는 손을 주목하지 않고, 집어넣었다가 빠져나간 손자국에 주목하지도 않고, 무언가가 들어왔다가 빠져나간 인물에 집중했다.

독자는 소설을 읽는다는 자의식을 놓고, 그냥 그 세계에 들어가 잠시 동안 무언가가 들어왔다가 빠져나간 인물이 된다. 잠에서 깨어난 듯 책을 덮고 났을 때에 나를 둘러싼 방 한 칸이 낯설어질만큼 그 세계에서 살다 나온다. 이런 종류의 낯섦을 처음 경험했던 어린 시절의 그날을 나는 아직도 기억한다.

어째서 그런 책을 손에 들게 되었는지는 몰라도, 처음으로 현역 한국 작가의 소설집을 읽었다. 오정희의 《유년의 뜰》이었다. 용인의 허허벌판 속에 똬리 틀듯 자그맣게 자리 잡은 아빠의 농장에서였다. 여름방학이었고 달리 할 게 없었다. 밝은 방 한가운데에 배를 깔고 누워 읽기 시작했고 다 읽고 책을 덮었을 때에 내 방은 깜깜했다. 어둠이 불쑥 내 방을 침범한 것만 같았다.

창 너머 뒷산은 검게 바싹 다가와 서 있었고, 개울가의 미물들이 날개와 더듬이와 뒷다리 같은 것들로 내는 갖은 소리들이 한꺼번에 끼얹혀 방안에 들어왔다. 오래 책을 읽고 있으면, 서서히 어둠이 깃들어와도 그래서 온전히 깜깜해져도 글자가 보인다는 사실을 그때 처음 알았다. 일어나 형광등을 켜고 무슨 일이 일어난 듯한 얼굴로 방안에 오래 앉아 있었다. 그날은 책을 통해 세계가 내게 불쑥 들어와버린 걸 알아챈 첫날이었다.

꿈을 대여하는 꿈

제주도 여행 중에 작은 책방에 들렀다. 책방주인과 마주 앉아 두어 시간 조근조근 얘기를 나누었다. 공간이 아늑하고 고요한 데다 널따란 책상이 구비되어 있으니, 다음번엔 여기에 와서 느긋하게 책도 읽고 노트북을 올려놓고 오래오래 글을 쓰고 싶다고 말했다. 짐짓 부러운 눈빛으로 자신을 바라보고 있는 내게 주인장은 정작 자신은 책 읽을 시간이 없다며 빙그레 웃어 보인다. 이렇게 깔끔하게 공간을 돌보니 그럴 수밖에. 연신 쓸고 닦으며, 서가를 정리하며, 손님이 주문한 커피 한 잔을 내어주며, 재고수량과 입고수량을 확인하다 보면 하루가 다 갈 것이 충분히 상상되었다. 긴 여행이 가고 싶어지면 어떻게 하냐고 여쭈었다. 가본 지 오래되었다는 대답을 들었다. 혹시나 긴 여행을 떠나시게 된다면 미리 제게 말씀을 해주시고 저에게 책방을 맡겨달라고 제안을 해보았다. 책방주인은 활짝 웃으며 그러마 했다. 좋아하는 제주도에 그런 식으로 오래 머물게 된다면 나에게야말로 좋은 일이라서, 나도 활짝 웃으며 약속을 꼭 지키시라며 강조를 해두었다.

언젠가는 개를 키우는 후배에게도 부러운 눈빛을 보낸 적이 있다. 개의 귀여움에 대하여 그녀가 한껏 말하고 있기에, 나도 개를 키워보고 싶은데 책임을 질 여건이 되지 못해 단념하고 산다고 고백하면서, 슬며시 또 제안을 해보았다. 혹시나 여행을 가게 된다면 내가 개를 맡아주겠다고. 후배도 제주도의 책방주인처럼 활짝 웃으며 반가워했다.

또 한 번은, 한옥을 소박한 카페로 개조한 지인에게 찾아가 커피를 얻어 마시면서 똑같은 말을 한 적이 있다. 당신이 쉬고 싶은 때에 이 카페의 주인이 잠깐 되어보고 싶다고. 그이의 반응도 마찬가지였다. 호의에 가득 찬 표정으로 얼마든지 그렇게 하라고 내게 말해주었다.

어제는 급기야 서점을 운영하는 후배에게 좀 더 본격적으로 구체적인 제안을 해보았다. 네가 쉬는 요일에 내가 서점에서 일

일 주인을 하고 싶다고. 후배 역시 냉큼 환호해주었으니, 어쩌면 조만간 서점주인이 되어보는 특혜가 내게 주어질지도 모를 일이다.

해보고 싶은 것이 무척 많은 나는 매사 호기심 가득한 인생이지만, 그 모든 소원들을 꼭 이루어야겠다는 다부짐은 많이 부족한 편이다. 그런 나의 부족한 특징에 부합할 나름의 묘책을 구상해보곤 한다. 가벼이 기분이나 좋자고 하는 구상은 결코 아니다.

서점주인, 카페주인, 개를 키우는 삶. 자세한 속사정을 모르지 않아 늘 장래희망 목록에만 두던 삶이다. 누군가의 휴가를 위하여나마, 내가 잠시 '위탁'이라는 개념으로 내 소원을 체험해보는 정도가 나에겐 가장 현명하고 현실적인 욕망인 것이다. 누군가의 휴가를 위한다는 얕은 속셈마저 있으니 어쩐지 더 쓸모 있는 욕망인 것만 같다.

누군가가 휴가를 떠나기 위해 예비된 대타의 삶. 대타의 삶이지만 내 소원을 잠시나마 이루는 삶. 대단한 용기까지 동원할 필요가 없는 삶. 나는 내가 요 정도의 선에서 소원을 이루며 살아갔으면 하는 모양이다. 언제나 성취와 단념의 그 사이에서 내가 숨 쉴 자리를 찾곤 하는 나. 꿈이란 것도 이루거나 이루지 못하거나 두 갈래만 있지는 않으니, 그 사이에 내가 발 뻗을 자리를 만들어보는 나.

내 꿈을 대신 꾸고 있는 이가 지치지 않도록 휴가에 관여하며 꿈을 잠시나마 대여하고 체험하는 일. 꿈 대신 꿈의 대안을 찾는 일. 앞으론 내 꿈을 이것으로 결정해야겠다. 어떤 장소를, 어떤 생명체를 돌보느라 자신을 돌볼 겨를이 없는 이들이 쉴 틈을 내어 내게 연락해오기를 기대해본다.

어떻게
지내니?

새 책을 출간했는데 보내주고 싶다며, 선배가 주소를 묻는 전화를 걸어왔다. "잘 지내시죠?" 인사부터 건넸다. 선배는 한 박자 늦게 대답했다. "잘 지내긴, 꾸역꾸역 살지 뭐." 내 안부를 묻는 선배에게 나도 마찬가지라 답했다. 전화를 끊고서 작은 다짐을 했다. 앞으로는 잘 지내냐고 인사하지 않고 어떻게 지내냐고 인사를 해야겠다고. 잘 지낸다는 것이 도저히 정상적 삶이 아닌 것만 같은 나날이다. 잘 지낸다는 것에, 어딘지 모를 몰염치와 무지와 무감의 세계를 선택한 특권 같은 게 묻어나오는 것만 같은 나날이다. 점점 더 그렇게 되어가고 있다.

그래도 나는 참으로 잘 지낸다. 티브이 요리 프로와 리얼리티 쇼 프로를 보면서 혼자 히죽대는가 하면, 밥도 잘 먹고 잠도 잘 잔다. 청소도 잘 하고 해야 할 일을 하루하루 잘 처리하고 지낸다. 오늘 저녁은 예쁘게 떠 있는 초승달을 보려고 창문에 붙어 있었고, 목마른 식물에게 물도 주었다. 이만하면 잘 지내는 것이다. 그러나 고요하고 차분하게 잘 지내는 와중에도 몸안에 갇힌 불만과 불안과 분노들은 자주 비등점을 넘는다. 끓어넘치게 하지 않으려고 더 많이 청소하고 더 많이 잠을 잔다.

조금 전엔 후배와 문자를 주고받다가 다음 달엔 맛난 것을 함께 먹자는 약속을 했다. 그때까지 잘 지내라고 후배에게 말했다. 잘 지낼 리 만무하지만 노력하겠다는 대답을 들었다. 만나면 꼭 물어보고 귀 기울여 들을 것이다. 어떻게 지내는지를. 하루하루를. 소소한 것들을.

예의 바른 거절

함께 할 의향이 있는지, 그의 의견을 타진하는 임무를 맡아서 그를 만나게 되었다. 그는 연신 "좋지" 하고 말했다. "근데" 하고 세세히 고려해야 할 사항을 지적했다. 그를 만난 내용을 모임에 전달했다. 분명하게 말한 건 아니지만 충분히 호의적이었으므로 같이 할 수 있을 것 같다고 했다.

멤버가 조심스레 자기 의견을 말했다. 분명하게 말하지 않았다는 건 거절 의사였을 가능성이 높다는 의견이었다. 정말 하고 싶은 일에 대해선 아주 흔쾌하고 단순하게 반기지 않았겠냐며, 예의 바른 거절일 때에 주로 그런 어법을 쓴다며, 우리도 자주 그러지 않느냐고 했다. 우리는 그가 모임에 함께 할 의사가 있는지에 대한 판단을 잠시 뒤로 미루고, 자주 사용하는 거절법에 대해 경험담을 나누었다.

거절이라는 의사표현이 왜 무례함이 되어야 하는지, 예의 바른 거절이 빚는 혼선은 누구의 몫인지, 그로 인해 겪은 각자의 피로감은 어찌해야 하는지. 그러다 광고성 전화에 대해 어떻게 대응하는지 각자의 비결을 털어놓았다.

"제가 지금 외국에 있어요. 이거 지금 국제전화예요." 나는 주로 이렇게 말한다고 했다. 그러면 저쪽에서 이내 전화를 툭 끊어버린다. 아주 효력이 좋다. 그 어떤 이유보다 비용을 내세운 이유가 그런 전화엔 더 효과적이었다. 본론으로 돌아와, 우리는 그가 거절을 한 것으로 결론을 냈지만, 그의 속내가 그것이 아니어서 이 결론에 서운함을 느끼면 어쩌나 싶은 생각이 말끔히 가시지는 않았다.

유리함과
무지함

저녁을 함께 먹다가 옆에 앉은 사람이 말했다. 예전에는 그런 사람이 아니었는데, 그 사람 정말이지 많이 변했다고. 그렇게 변할 줄 몰랐다고. 가만히 듣고 있던 한 사람은 그렇게 변할 줄 알았다고 했다. 나는 그 사람에 대해 거의 아는 게 없었지만, 나이가 들어 변해버렸다는 사람에 대해 당연한 얘기를 듣듯이 듣고 있었다.

내가 아는 사람 중에도 그런 식으로 변한 사람은 많으며, 변하지 않은 사람이 거의 없을 정도라며 대화에 끼어보기도 했다. 집에 돌아오는 길에, 변하지 않은 사람이 누가 있으려나 혼자 헤아려보다 포기했다. 몇 년 전에 만난 어릴 적 친구가 내게 해준 말이 떠올랐기 때문이다. "너는 안 변해서 문제야."

누군가의 눈에는 내가 변해버린 사람일 수도 있고, 변하지 않아서 문제인 사람일 수도 있으니 생각해서 무엇하나 싶어졌다. 하지만 변해버린 사람들, 특히나 너무 많이 변해버린 사람들의 공통점에 대해서 다시 생각하게 되었다.

그들은 죄다 꿈을 이룬 사람들이었다. 꿈을 이루었을 뿐만 아니라 꿈꾸지 않았던 꿈 너머의 몫까지를 이루며 살아가는 사람들이었다. 대부분의 사람이 그에게 존경을 표하고—실제로 존경을 받는 것과는 별개로—자기 분야에서 두각을 나타내는—실제로 실력이 있는 것과는 별개로—사람이 되어갔다.

실제로 존경받을 만한 실력을 갖추기 위해서 많은 노력을 했다는 사람들을 떠올려보았다. 얼마나 많은 노력을 했을지를 상상해보았다. 가끔은 벽에 부딪혔을 것이고 극복하고 나아가기 위해 필요 이상의 열정과 집중을 쏟아내야 했을 것이다.

그 시절에 그 사람 곁에 잠깐이나마 머물렀던 사람들은 그 사람을 가장 이상적인 사람으로 기억할 수밖에 없을 만큼, 빛나는 노력을 했을 것이다. 그랬던 사람이 더 이상의 노력을 멈출 때는 당연히 꿈을 이룬 때다. 노력을 멈추어도 그의 성과들이 사라지는 것은 아니니, 이제는 그가 그런 고생을 할 이유가 없었으리라.

그에겐 이제 다른 고생이 뒤따를 것이다. 존경해주는 사람만큼이나 변했다고 등을 돌리는 사람이 많아지고, 보이지 않는 곳에서 손가락질하는 사람도 많아진다. 마치 실망할 준비를 하고 있었던 것처럼, 보란 듯이 실망을 하는 사람들이 도처에 있게 된다.

어떤 사람들은 존경받고 싶어 지위에 오르려 하지만, 어떤 사람들은 단지 누군가의 빛나는 노력에 존경심을 느낀다. 좋은 지위에 있는 그가 더 이상 노력하지 않는다면 존경할 이유가 없어진다. 그는 다른 종류의 노력—지킬 것이 많아진 자들이 하는 노력을 한다. 배우지 않는다. 당연히 시대에 뒤떨어지거나 무지에 가까워진다. 사람들은 그 지위에 대해서만 간신히 존경의 의무를 갖거나 그의 과거에 대해서만 존경심을 유지한다.

유리한 위치에 있으면서도 그렇지 않았을 때와 다름없는 종류의 노력을 계속해서 하고 있는 사람이 드물지만 있기는 하다. 이 드문 사람은 유리한 사람들이 갇히게 될 무지를 포함하여, 자신의 무지를 가장 두려워한다. 배우고 노력할 수밖에 없다. 당대에 드리운 무지의 그늘이 안타까워서 그 그늘을 밝히는 데에 노력을 기울인다. 그래서 그늘 속에 있다. 이 시대가 영웅이 사라진 것처럼 보이는 이유 중 하나일 것이다.

까불며 놀기

꼬물꼬물한 표정을 짓고 쫑알쫑알 말하는 아이의 얼굴은 사랑스럽다. 지하철에서든, 공원에서든 그런 아이가 저편에 있으면 한참을 바라본다. 저런 모습 같은 시를 쓰고 싶다고 늘상 생각한다. 그러면 번번이 유형진 시인이 떠오른다. 이미 그녀가 다하고 있고 가장 잘하고 있구나 한다.

제멋대로, 충분히 제멋대로 종알거린다. 시가 되거나 말거나 아랑곳하지 않는다. 제멋대로 행동해도 한없이 사랑스러운, 동화 속 말괄량이 캐릭터가 현현한 것만 같다. 동화 속 말괄량이의 제멋대로인 행동들이 그러하듯, 유형진의 페르소나 역시 해방감을 준다. 음울하지 않아도 반역을 행할 수 있는 유일한 방식은 까불며 노는 것인데, 유형진의 태도에는 그 유일함이 배어 있다. 실컷 하루를 즐겁게 놀다가 깊이 잠든 어린아이의 얼굴처럼 하루가 지고 있는 풍경 속에서, 시에 대한 무수한 어쩌고저쩌고들이 다 무용할 지경에 유형진의 시집을 가끔 펼쳐 든다. 마치 해가 떨어질 무렵 마지막 기량을 다해 골목을 힘껏 뛰어노는 아이처럼, 녹슨 철로가에 삐죽삐죽 삐져나온 잡풀들처럼 무상하면서도 씩씩하다.

시는 도대체 무엇인가. 시는 도대체 왜 그다지도 어렵고 가파르게 시적이기 위하여 발버둥을 치는가. 발버둥을 칠수록 불모지가 되어가는가. 시가 좀 더 자유로워졌으면 좋겠다. 자유로워져야 한다는 것으로부터도. 시가 좀 더 아무나 즐기고 아무렇게나 쓰이면 좋겠다. 시가 세상의 위엄에 반기를 들었던 것처럼 시의 위엄에도 반기를 들었으면 좋겠다. 그런 시를 쓸 자신은 없지만, 그런 시를 읽고 응원할 자신은 있다.

처지를 버린다는 것

가장 좋아하는 영화가 뭐냐고 옆에 앉은 사람이 내게 물어왔을 때, 한참을 생각하다 나는 〈타인의 삶〉*이라 대답했다. 가장 좋아하는 영화여서라기보다는 그때 우리가 나눴던 이야기가 이 영화를 떠올리게 했기 때문이었다. 〈타인의 삶〉은 독일이 통일되기 직전을 배경으로 한 영화다.

동독의 비밀경찰 비즐러는 반체제 활동을 하고 있는 극작가 드라이만과 그의 연인인 배우 크리스타를 감시하기 위해 24시간 도청을 시작한다. 비즐러의 직업은 감시를 통해 반체제 예술가들을 처벌할 증거를 확보하는 일이다.

* 플로리안 헨켈 폰 도너스마르크 감독, 〈타인의 삶〉, 독일, 2006

비즐러는 드라이만과 크리스타의 사랑을 엿들으며 매혹당하고 감동받는다. 드라이만과 크리스타는 하루하루를 불안하게 살지만, 삶과 사랑이 서로 유리되지 않고 순일하다. 신념대로 살고, 그러기에 더 아슬아슬하며, 삶에 대한 열망은 더 숭고하다.

비즐러는 수많은 흔들림 끝에, 자신의 직업의식을 저버리고 내면에서부터 들려오는 윤리의식으로 기울었다. 그는 보고서를 조작해 예술가들을 보호했고 자신은 처벌을 받았다. 비즐러의 보호를 받아 끝끝내 무사했던 드라이만은 출간한 소설의 맨 앞 페이지에 비즐러를 향한 헌사를 남겼고, 훗날 비즐러가 그것을 뒤늦게 발견하고 영화는 끝을 맺는다.

아무 연고도 없는 이들을 보호하기 위해 자신의 삶을 위험에 빠뜨린 비즐러. 이런 인물을 영화에서나마 목격하기 위해서 나는 자꾸 영화를 찾아보는 것 같다. 사회적 처지와 인간의 윤리 사이를 나도 숱하게 방황하기 때문인 것 같다. 하나의 시대와 하나의 이데올로기에 갇힌 처지에서, 사람으로서 사람다운 선택을 할 수 있는 입장으로 변화되는 과정. 처지가 곧 입장이 되는 삶이 아니라, 처지를 버리고서 입장을 얻는 삶. 이런 삶을 사는 이를 현실에서도 알아볼 수 있을까. 어쩐지 못 알아볼 것만 같다.

모르는 동네

점심을 먹고서 해가 질 때까지 걸었다. 걷다가 모르는 동네로 접어들었다. 모르는 동네는 모르기 때문에 눈이 휘둥그레진다. 처음 보는 가게들이 있었고, 억새와 갈대가 듬성듬성 무리져 있었다. 모르는 커피집에 들어가 차를 한 잔 마셨다. 물가에 앉아 보라색 쑥부쟁이를 한 송이 꺾었다. 되는대로 걷다 보니 여기가 어딜까 하고 잠시 두리번거렸다.

노을이 붉게 지는 쪽을 등지고 더 멀리까지 걸었다. 오늘은 아무 일도 하지 않았구나, 생각했다. 밥을 차려 먹고 개수대에 그릇 몇 개를 놓아두고 세수를 한 것 말고는 빈둥거리기만 했다. 그리고 걷기만 했다.

아무 일도 하지 않았는데 기분이 좋았다. 아니다. 아무 일도 하지 않아서 기분이 좋았다. 모르는 동네에 오게 되어 더 기분이 좋았다. 모르는 동네에서 허름한 빵집에 들어가 "이 집에서 어떤 빵이 잘 팔리나요?" 하고 묻고서, 갓 구워져 나온 슈크림빵 몇 개를 사들고 한 입 한 입 베어 물며 집으로 향해 걸었다. 여행을 다녀온 것 같았다.

모르는 동네의 골목을 구석구석 누빌 때 내가 누구인지를 잠깐 잊고 있었다. 얼마나 바빴는지, 당장 해야 할 일이 얼마나 많은지, 안중에 없었다. 매일, 하릴없이 산책이나 하면서 들꽃이나 꺾으면서 빵이나 사먹으면서, 길거리에서 서성이면서 살아왔던 것만 같았다. 집에 돌아와 유리병에 수돗물을 담아 쑥부쟁이를 꽂았다. 비좁은 마음속에 자그마한 자리가 생겨났다.

핼러윈

주말 저녁에 홍대 앞에 갔다가, 엄청난 인파를 만났다. 친구들을 만나고서야 핼러윈데이라는 설명을 들을 수 있었다. 아이들이 다니는 영어 학원에서나 핼러윈을 즐기는 줄 알았던 내게는 신기한 풍경이었다.

영화 속에서 핼러윈 축제를 목격할 수 있었던 어린 시절엔 언젠가 미국이란 나라에 여행을 간다면 핼러윈 축제를 한번쯤 경험해보고 싶다고 생각했다. 특히, 아이들이 기괴한 분장을 하고서 한밤중 남의 집 문을 두드리며 과자를 강탈하는 장면이 좋았다. 어린 시절엔 나도 그걸 해보고 싶었다. 한밤중에 친구들과 길거리를 쏘다니기, 감히 그 시간에 이웃집 대문을 두드려 과자를 얻어먹기. 기괴한 분장은 그다음 관심사였다.

아이들에게 과자를 나눠주는 것은 구걸하는 이들을 비롯한 모든 이웃들과 음식을 나눠 먹던 소울링souling 정신에서 유래되었다고 한다. 핼러윈 축제는 아일랜드에서 시작됐다고 알고 있다. 아일랜드 켈트족에겐 11월 1일이 새해였다. 한 해의 마지막날에 유령으로 분장을 한 자에게는 악령이 깃들지 않는다고 믿었다고 한다. 지난 주말에 내가 본 핼러윈 풍경에도 이러한 미덕 같은 게 담겨 있었을까.

평소 기괴한 옷차림을 즐겨서 이상하다는 눈초리를 받던 사람도 이날만큼은 축제의 환대와 포용을 받았을 것 같았다. 이날만큼은 무섭다고 느껴졌던 것들이 무섭지 않고, 이상하다고 느껴졌던 것들이 이상하지 않았을 것 같았다.

꿈 끝의
골목

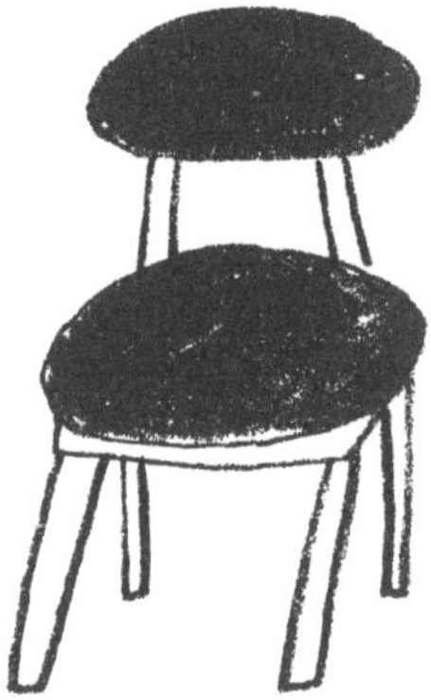

꿈속에서 나는 무진장 걷는다. 터벅터벅 터덜터덜, 어딘가로 걷고 걷는다. 무거운 가방을 메고 있어도 무거운 줄도 모르고 다리가 아프다는 느낌도 없이 걷고 걷는다. 대개는 엄청난 인파 속을 헤치면서 걷는다. 어깨가 부딪치기도 하고 알록달록한 사람들의 옷차림에 눈이 커지기도 한다. 목적지를 찾고 있었거나 사람을 찾고 있었을 거다. 그렇지 않고서야 그렇게까지 집요하게 사람들을 헤쳐가며 걸었을 리가 없다.

그러다 어떤 모퉁이를 돌면, 불현듯 돌과 시멘트로 엮인 높은 축대 아래에 도착한다. 조금 기울어진 전봇대도 있고 축대를 에워싼 노란 개나리도 있는 흙길이다. 거기에 도착할 때면 사람들은 사라지고 없다. 사람들이 사라진 그 골목에서야 누군가에게 찾아갈 곳을 묻는 수밖엔 없다는 생각을 한다. 그렇지만 사람이 없다. 어떡하지… 여긴 도대체 어디지… 하다가 꿈 바깥으로 나와버린다. 거기서 꿈이 끝난다. 엄청난 인파 속 거리는 지하철역이 있는 어떤 곳이기도 하고 시장통이기도 하고 거리 축제가 벌어지는 현란한 대로이기도 하고, 아무튼 꽤나 다양하게 변주가 되는데, 모퉁이를 돌고 나면 번번이 거기, 그 축대 아래다. 그렇게 생긴 골목을 어디선가 가본 적이 있으리라 생각하지만, 딱 그렇게 생긴 동네는 꿈속에서만 있다. 그곳을 자주 간다.

그 동네를 현실 속에서 찾아보고 싶어서 어느 날에는 성산동 언저리를 샅샅이 뒤졌다. 옛날 마포구청이 있던 그 뒤쪽 골목 어딘가를 꽤나 돌아다녔는데 찾지 못했다. 그냥 나는 그곳을 '꿈 끝의 골목'이라고 정해버렸다. 그 축대 아래에 내가 도착하면 이제는 꿈속에서도 알아채기 때문이다. 더 이상 갈 데가 없고 내가 찾아가려는 곳은 어차피 갈 수 없다는 것을. 그래서 곧 꿈에서 깨어나게 되리란 것을. 축대에 도착하는 꿈을 꿀 때가 된 것 같다는 생각이 들면 며칠 안 되어 나는 꿈속에서 그 꿈 끝의 골목에 가게 된다. 도착이라고는 했지만 꿈속에서 거기는 항상 길을 잃은 막다른 골목이자, 꿈이 깨어 현실의 내가 하루를 시작하는 출발의 시간이기도 하다.

도착이란 것이 늘상 그런 식이었다. 도착은 하였으나 목적지는 아니다. 도착은 하였으나 다른 곳으로 출발을 해야 한다. 현실로 돌아와야 하는 건지도 모른다. 아무튼, 도착지이면서 환승

지이면서 출발지인 어떤 목적지. 이런 생각을 하다 보면, 도착이라는 말 자체가 허망해진다.

길을 잃을 때에 종종 이상한 데자뷔를 겪는다. 예전에 분명히 와보았는데 자꾸 처음 와본 곳 같다. 그러면 나는 처음 와본 곳을 이미 와본 곳으로 착각을 하고 있는 건 아닐까 잠시 헷갈린다. 길을 잃었기 때문에 생경하게 느낀 것인지 생경하게 느낀 탓에 길을 잃어버리게 된 것인지도 헷갈리게 된다. 와본 적이 있는 곳임은 분명하지만, 실제로 와봤는지 꿈속에서 와봤는지 전생에 와봤는지 알 수가 없다. 그곳도 꿈속의 축대 아래처럼 꿈 끝의 골목이 된다. 런던에서 카레집을 찾아갈 때도 그랬고, 에든버러에서 밤 산책을 할 때도 그랬고, 한밤중에 로도스 섬에 도착했을 때도 그랬다. 지나가는 사람을 붙들고 길을 묻고 싶지만 그럴 때는 번번이 길고양이 한 마리도 어슬렁대지 않는다. 불을 밝히고 영업을 하고 있는 아무 가게에 들어가 아무나를 붙잡고 지도를 보여준다. 내가 찾아갈 곳을 묻는 게 아니라 여기가 어딘지를 묻는다.

그다음 날 환한 아침이면 반드시 길을 잃었던 지점으로 찾아가본다. 그때마다 헛웃음이 나온다. 대단한 미로이기를 희망하지만, 길을 잃을 수 있다는 게 의아할 정도의 단순한 거리다.

낯선 낯익음이든 낯익은 낯섦이든, 내가 잠깐 딴전을 피우는 사이에 벌어진 일이거나 당연히 있어야 할 이정표 하나가 부재했기 때문에 벌어진 일일 거다. 어쨌거나 나는 기억이 찡그린 미간 사이로, 그 11자의 주름 사이로 들어가 다른 결의 다른 공간으로 순간 이동을 한 채 미아가 된다. 당시에는 공포에 가까울 당혹이지만, 겪고 난 이후 그 경험은 잊히지 않는 매혹이 된다. 하나의 공간을 몇 겹으로 느낄 수 있었으니까.

그래서 나는 시를 쓸 때에 자주 떠올린다. 낯선 것을 낯익도록 낯익은 것을 낯설도록 궁리를 하게 된다. 내 시를 읽어줄 누군가가 내 시 속에서 혹독한 기시감에 시달려 길을 잃고 미아가 되기를 바라는 걸지도 모르겠다. 미아가 되어 울음보를 터트려 주길 욕망하는지도 모르겠다. 꿈 끝의 골목으로 갈 수 있게 길 안내를 하려는 걸 수도 있다. 꿈 끝의 골목에 도착하면 어쨌거나 출발이란 걸 하게 될 테니까 말이다.

하루와
히데

습지를 달리는 열차를 타려고 홋카이도의 남부에 있는 쿠시로에 간 적이 있다. 역 앞에 숙소를 잡아두고, 저녁을 먹기 위해 강가에 다닥다닥 모여 있다던 포장마차 거리를 찾아 나섰다. 초여름 저녁 바람이 으슬으슬했다. 바람막이 점퍼에 목도리를 친친 감아도 어깨가 움츠러드는 날씨였다.

접시를 들고 먹고 싶은 해산물을 담아와 석쇠 위에 올려 굽기 시작했다. 소심하게 고른 해산물이 석쇠에서 조용히 익어갈 무렵, 앞자리에 앉은 두 사람이 말을 걸어왔다. 그들은 두툼하게 생긴, 낯선 생선을 통째로 구워서 꼬리를 집어든 다음, 생선 머리부터 베어 물며 맛있게 먹고 있었다. 그들에겐 내가 굽고 있는 해산물들이 참견하지 않을 수 없는 모양새였던 것 같았다.

자신이 먹고 있던 생선의 몸통을 조금 뜯어 내게 건넸다. 나는 오물오물 생선살을 먹으며 맛있다고 활짝 웃었다. 그들은 그 생선을 몇 마리 더 가져와 석쇠 위에 다시 굽기 시작했다. 내게 한 마리를 통째로 주며 자신이 먹는 대로 따라 해보라고 했다. 썰지 않은 묵은지를 길게 찢어 먹을 때처럼, 생선 꼬리를 들고 머리부터 덥석 베어 물고 먹어보았다. 그렇게나 맛있는 생선구이는 처음이었다. 그다음은 문어를, 그다음은 가리비를, 그다음은 반찬으로 나온 짠지들을 그들이 먹으라는 대로 먹었다. 그렇게 온갖 해산물을 함께 먹기 시작하자, 우리는 함께 포장마차를 찾아온 일행이 되어 있었다. 음식을 집어오며 계산도 되는대로 내키는 사람이 했고, 술이나 음료수도 먼저 주문하는 사람이 알아서 돈을 냈다.

그들은 결혼을 약속한 사이였다. 여자의 이름은 '하루', 남자의 이름은 '히데'였다. 그들은 쿠시로의 외곽에 있는 농촌에서 소를 키우며 젖 짜는 일을 하고 있다고 했다. 둘 다 쿠시로가 고향이라고 했다. 내일은 히데의 부모님께 인사를 드리러 가야 해서, 특별히 나와 데이트를 즐기는 중이라고 했다. 여행지에서 만나는 사람에게 내 소개를 해야 할 때마다 나는 시를 쓴다고 말하지 못하고 거짓말로 아무 직업을 말하곤 하는데, 이들에게는 어쩐지 거짓말을 할 수가 없어서 시를 쓴다고 고백을 하게 됐다. 그때부터 그들은 끊임없이 하이쿠를 낭송했다. 일본어를 전혀 하지 못하는 나에게 그들은 굳이 쉬운 말을 하려 한다거나, 영어를 쓰려 한다거나 하지 않았다. 나도 굳이 그들이 하는 말을 죄다 알아들으려 애를 쓰지도 않았다. 그들의 즐거움이 고스란히 내게 전해져서 말을 알아듣지 못해도 충분히 즐거웠다.

하루와 히데는 근처에 맛있는 꼬치집이 있으니 함께 2차를 가자고 제안했다. 내일 이른 아침에 습지열차를 타려면 잠을 자 두어야 한다고 거절을 할까 잠시 고민에 빠졌지만, 함께 즐거워했던 시간에 산통이 깨질까 봐 그들을 따라나섰다. 바람은 더 매워졌지만, 혼자 걷던 아까와는 달리 곁에 친구가 둘이나 있으니 하나도 춥지 않았다. 오래된 친구 사이처럼 점퍼를 벗어주고 목도리를 벗어주며 그들은 나를 따뜻하고 아담한 꼬치집으로 안내했다. 하루와 히데는 나와 건배를 할 때마다, 자기 고향에 찾아와줘서 나를 환영한다고 반복해서 말했다. 쿠시로에 며칠 더 묵는다면 자기들이 일하는 목장에도 놀러 오라며 전화번호를 알려줬다. 자정을 훌쩍 넘겨 역 앞의 내 숙소까지 바래다주고서야 그들은 흔쾌히 작별인사를 했다. 숙소에 돌아와 예매해 둔 내일의 기차표를 미련 없이 포기하고 나는 빙그레 웃으며 침대에 누워 잠이 들었다.

사람들이 여름의 북해도가 어떻더냐고 내게 물을 때마다 하루와 히데 이야기를 했다. 그들과 함께 찍은 사진을 볼 때마다 쿠시로의 매섭던 바람과 내 입속으로 머리째 들어오던 비릿한 생선구이의 고소한 맛이 동시에 떠오르곤 했다. 낯설고 쌀쌀한 도시에서 받았던 환대가 그 장소를 얼마나 소중한 곳으로 기억하게 하는지, 하루와 히데는 잘 알고 있었던 걸까.

맨 처음 배낭을 메고 낯선 도시를 헤매던 곳은 방콕이었다. 시외버스를 타고 태국의 시골마을을 떠돌아다닐 때 만났던 여행자는, 돈 없고 어리숙한 어린 여행자였던 나에게 과분한 친절을 베풀어주었다. 숨은 맛집에 데려가 밥도 사주고, 친절하고 정확한 여행사에 데려가 차표도 끊어주었다. 지금 와서 생각해보면 그는, 내게 친절을 베풀어준 사람이라기보다는 여행하는 법을 알려준 사람이었다. 고마움을 가득 머금고 작별인사를 하는 내 손을 꼭 잡고 그가 말했다. "네가 이 다음에 나처럼 나이를 먹으면, 너도 어린 여행자들에게 좋은 밥도 사주고 아플 때 약도 사주고 차표도 끊어주는 어른이 돼. 그리고 그 애들에게도 똑같이 나중에 그렇게 하라고 당부를 해. 내가 어릴 때, 나한테 이렇게 해줬던 사람이 나에게 당부했던 걸 너에게 한 거야." 그 사람에게서 이 말을 들었기 때문에, 되도록 나는 여행지에서 만나는 어린 여행자들에게 그에게 배운 대로 하는 편이다. 그리고 그가 당부한 이야기도 반드시 전한다. 나도 돈이 없지만 언제나 어린 여행자들보다는 사정이 나았고, 지쳐가는 여행길에서 한 번쯤 거나한 영양식을 배부르게 먹어두는 일이 얼마만큼 든든한 일인지를 잘 알기 때문이다.

하루와 히데는 이방인을 즐거이 환대하는 태도를 어디서 배웠을까. 배운 적 없이 저절로 그렇게 한 것일까. 그들의 태도에 '환대'라는 학습된 말을 붙이는 나 같은 사람은 먼 도시를 돌고 돌며, 무수한 책들을 읽고 읽으며 겨우겨우 그것을 배울 뿐인 것이다.

다시 겨울 이야기

한마디를 이해하는 밤

혼자를 누리는 마지막 삶

엄마와 마주 앉아 김장을 담갔다. 김장이래봐야 엄마와 나, 두 사람이 겨우내 먹을 정도의 양이었다. 열 포기도 채 되지 않는 단출한 김장이었다. 지난겨울 아버지가 돌아가신 후 둘이서 처음 맞는 연중행사였다.

비밀번호를 눌러 현관문을 열고 불쑥 찾아갈 때마다 집안이 필요 이상으로 정갈해서 낯설었다. 거실 한 켠의 식물들도 전에 없던 윤기가 흘렀다. 노인의 얼굴이지만, 엄마의 얼굴은 뽀얘지고 윤이 났다. 소파에 앉은 잠깐의 틈에 엄마는 꺼슬꺼슬한 발뒤꿈치에 바셀린을 발랐다. 뽀글 파마머리도 조금씩 기르기 시작했다. 다려 입지 않던 옷을 다려 입었고, 집에서도 깔끔한 옷을 챙겨 입었다. 얼룩덜룩하던 개수대와 가스레인지도 반짝이게 되었다. 창문 틈에도 먼지 하나 없었고, 유리창도 얼룩 하나 없었다. 장롱문을 열어보니, 겨울에 덮을 두꺼운 솜이불이 빳빳이 다린 호청으로 감싸져 반듯하게 개켜져 있었다. 좋은 냄새가 풍겨오기까지 했다. 모든 물건들이 제자리에 놓여 있는 집안은 평화로운 정적으로 온화하게 덮여 있는 듯했다.

이런저런 물건들이 여기저기에 아무렇게나 놓여 있어 딸이 조금이라도 타박을 할라치면, 노인들의 삶은 으레 그런 것이라고 그게 가장 편해서 그럴 뿐이라며 고개를 절레절레 젓던 엄마였기에, 신기한 마음으로 집안을 요리조리 둘러본다. 아버지와 함께 사용하던 세간살이 몇 가지가 집안 구석구석에 놓여 있었지만, 온양온천에서 둘이 함께 찍은 1960년대의 사진 한 장이 벽에 걸려 있는 걸 제외하면, 아버지의 흔적은 거의 지워져 있다.

현관문에 자그마한 슬리퍼 한 켤레, 세면대 앞에 분홍 칫솔 하나. 엄마가 티백을 담가 손에 쥐어준 차 한 잔을 무릎 위에 놓고서 엄마가 좋아하는 티브이 드라마를 함께 보다가 엄마와 나는 마룻바닥에 자리를 깔았다. 김장용 소쿠리와 커다란 볼을 펼쳐 놓고, 절인 배추 한 잎 한 잎에 빨간 양념을 넣기 시작했다.

이제 김장은 일도 아니구나. 편하고 좋다. 엄마가 한마디를 했을 뿐인데 괜시리 딸은 이런저런 생각을 혼자 가꾸어나간다. 편하기는 하시겠구나. 한 사람을 더 돌보다가 스스로만 추스르면 되는 지금의 말년이 홀가분하시겠구나. 티브이도 마음대로 보실 테고, 식사 준비도 굳이 국이며 찌개 같은 걸 해내지 않아도 되겠구나. 비로소 한가해지고 비로소 발뒤꿈치를 돌볼 시간이 생겼겠구나.

팔십이 넘어서야 모든 걸 자기 식대로 할 수 있게 된 여자의 삶이란 어떤 것일까. 진작에 누렸으면 더 좋았을 삶이었을까. 좋아 보인다고 엄마에게 말씀드렸다. 엄마는 그럼 좋지 하고 대답했다. 이렇게 살고 있으니 아가씨가 된 거 같다고 하셨다. 혈관성 치매와 함께 찾아온 혼자를 누리는 이 마지막 삶에 대해서, 딸로서의 소회를 간명하게 묘사할 수 있으면 좋을 텐데, 딸에겐 감히 그럴 수 있는 능력이 없다.

수육을 만들어 먹을까 하다가 치킨을 배달시켜서 겉절이와 함께 먹었다. 닭다리 하나씩을 차지하고 맛있게 뜯어먹었다. 엄마는 태어나 닭다리는 처음 맛본다며 웃으셨다. 좋은 것은 다 남편에게 양보하던 것도 이제는 할 필요가 없어졌다며 벌떡 일어나 팔을 휘두르며 맨손체조를 하셨다. 말끝마다 곧 죽을 텐데 같은 말을 달고 사시는 양반인데, 아마도 지금의 이 평화를 더 오래 누리고 싶으신 모양이었다. 하루하루 누군가를 돌봐야만 했던 고단한 삶이 지나가고, 하루하루가 사랑할 만한 일상이 되어, 먼 길을 돌아 그녀 앞에 이렇게 마지막에야 당도해 있었다.

친구의
내장탕

친구가 내장탕을 끓였다며 전화를 한 적이 있다. 내 생각 나서 많이 끓였다며 와서 가져가라 했다. 내장탕을 좋아하지 않는다는 말을 꺼내지 못한 채 우물쭈물거렸다. 몇 마디 더 대화를 나누니 무조건 내가 반가워하며 달려가야 하는 상황이 되었다.

친구의 집으로 가며 골똘히 생각했다. 우리가 함께 내장탕을 먹은 적이 있는지, 내장탕에 대해 대화를 나눈 적이 있는지, 혹시 다른 친구의 식성과 혼동한 것은 아닌지에 대해. 기억나는 것은 아무것도 없었다. 어쨌거나 친구의 성의에 찬물을 끼얹을 수 없었다.

집에 가져오자마자 한 번, 다음 날에 또 한 번, 그다음 날에 또 한 번, 밀폐용기의 뚜껑을 열었지만, 내장탕 고유의 냄새에 먹을 엄두를 내지 못했다. 결국 친구의 성의는 냉장고에서 상해 버렸다.

개수대 거름망에 걸려 있는 푸짐한 건더기들을 내려다보며 친구에게 몹시 미안한 마음이 들었다. 야무지게 싸둔 걸 건네주던, 친구의 뿌듯한 얼굴이 떠올랐다. 내 짧은 식성이 되레 한탄스러웠다. 그때 이후로, 오늘처럼 그 친구가 떠오르는 날엔 내장탕을 사먹으러 가게 됐다.

후추나 다대기를 아무리 넣어보아도 내가 쉽게 먹을 수 있는 맛은 아니다. 국물을 떠먹고 건더기도 몇 점 더 건져 먹지만 몇 숟갈 떠먹지도 못하고 김치에 밥만 먹고 만다. 그래도 내장탕을 먹고 나면, 그때 친구의 성의를 오래오래 갚아가고 있는 것만 같아진다.

이상한 예의

시인에게 강연 요청을 하거나 원고청탁을 할 때에는 강연료 내지 원고료에 대한 언급은 하지 않는 게 예의라는 암묵적 동의라도 있는 것일까. 꽤나 자주 원고료가 명시되어 있지 않은 청탁서를 받는다.

강연을 요청하는 전화에서도 강연료에 대해서는 언급을 하지 않는 경우가 많다. 지방에서 강연 요청을 받을 때에는 식사며 숙박에 대해서까지 다정하게 안내를 받지만, 강연료에 대해서는 알려주지 않는 경우가 더 많다. 궁금하면 물어보면 되는데, 강연료가 얼마인지 나도 굳이 묻지 않는다. 묻고 싶지만 입이 떨어지지 않는다. 왜 입이 안 떨어지는 걸까. 오해받고 싶지 않아서다. 강연료가 얼마인지를 묻는 순간, 강연료를 기준으로 하여 손익계산을 하는 사람으로 비치는 게 싫기 때문이다.

나를 만나고 싶어 하는 독자들이 이 세상 어딘가에 있다는 것만으로도 반가워서 기꺼이 먼 길을 가고 싶어 한다는 진짜 이유가 훼손될까 봐 걱정이 앞선다. 원고료에 대해서도 마찬가지다. 내 글을 싣고 싶어 하는 지면이 있다는 것에 대한 나의 감사함이 훼손될까 봐 두려워서 원고료를 물을 수가 없다.

액수의 많고 적음은 중요하지 않다. 다만, 내 노동력을 재능기부 혹은 나눔으로 여길지, 정당한 대가를 지불받는 걸로 여길지에 대한 결정권 정도는 내게 있었으면 싶을 뿐이다.

자기소개 시간

다른 분야의 예술가들이 회의실에 모여 있었다. 자기소개부터 시작했다. "저는 연극평론을 하는 아무개입니다.", "저는 공연연출을 하는 아무개입니다.", "저는 음악하는 아무개입니다." 긴 생머리를 늘어뜨린 사람의 차례였다. "저는 춤을 추는 아무개입니다."

그가 자기소개를 하자마자, 회의실엔 유쾌한 웃음소리가 터져나왔다. 일어서서 꾸벅 인사를 했을 뿐인데, '춤을 춘다'는 말과 함께 빚어지니 그가 당장 춤을 출 것만 같은 느낌이 들었다. 만약 그가 "저는 무용하는 아무개입니다"라고 표현했더라면 웃을 일은 없었을 것이다.

재미없는 소개 시간에, 어감 하나를 이용하여 어색함을 재치

있게 지워준 그 사람에게 시선이 갔다. 평론가와 연출가와 음악가와 무용수와 시인이 만난 그 자리에서, 누구도 스스로를 'OO가'라 칭하지 않았던 게 좋았다.

다른 이들의 마음은 어땠는지 모르겠지만, 내가 "시 쓰는 김소연입니다" 하고 내 소개를 한 데에는 작은 의지가 담겨 있다. 언제부턴가 나는 시인은 안 하고 시만 쓰며 살겠다고 말해왔다. 내가 꿈꾸던 시인은 아직 멀었다 하는 마음이 절반이고, 시인 사회의 일원이 되고 싶지 않다는 마음이 절반이다.

만난다는 것

고향의 톨게이트를 진입하여 낯익은 길에 접어들어 시가지를 한 바퀴 돌면서 생각했다. 이곳에 와서 살아볼까. 아직도 그 자리에 변함없이 있는 시장과 목욕탕과 빵집. 다니던 학교와 학교 앞 문방구와 옛집. 여기에 다시 돌아와 산다면, 유년의 시간 위에서 현재의 시간을 살 테니, 언제고 두 겹의 길을 걷는 현기증이 생길 것이다. 그것은 나에게 행복했던 과거를 끊임없이 소환해낼 수 있는 힘이 되어줄 것이고, 행복하지 않았던 과거들을 끊임없이 재해석할 수 있는 기회가 되어줄 것이다.

열어둔 여행가방을 다시 여미어 차에 싣고서 고향의 톨게이트를 빠져나와 형산강을 뒤로했을 때에 다시 생각했다. 그리움을 달래는 가장 좋은 방법은 이렇게 찾아와 직접 만나는 일이며, 그리움이 달래졌다면 그것으로 다 되었다고. 행복한 기억을 소환하여, '행복한'이라는 수식어를 제거한 후에 '기억'이라는 실제만을 남겼으니 충분했다.

사람을 만나러 갈 때에도 나는 마찬가지였던 것 같다. 그리운 사람을 만나러 가는 길은 그 사람을 만난다는 것과는 무관한 일인 것만 같았다. 설렘은 기대감이라기보다는 가장 적극적으로 그리움을 달래는 안도감에 가까웠다. 그리운 사람과 헤어져 돌아섰을 때에야 알게 되었다. '그리운'이라는 수식어를 제거하여 '사람'만을 남겨둔 채로 그 사람을 대하는 일. 그때부터 그 사람이 그 사람으로 보였다. 내가 생각해온 그 사람이 아니라 그를 살아온 그 사람을 알아갈 수 있었다.

Restart

마코토 오카자키의 공연을 들으러 갔다. 공연 도중에 그는 최근에 유럽을 순회하며 공연할 때에 작곡했던 곡을 연주하겠다고 말했다. 그러곤 객석을 향해 빙그레 웃으며 설명을 보탰다. 초대를 받아 이런저런 도시의 공연장을 옮겨가며 공연을 했다는 뜻이 아니라, 혼자 이곳저곳을 떠돌며 거리에서 공연을 했다고. 아직 그렇게까지 유명하지는 않다는 뜻으로 한 말일지 모르지만, 누군가에게 초대를 받아 공연을 하러 다닌 게 아니라 스스로 좋아서 공연을 하고 다녔다는 것을 강조하는 말이었다.

곡의 제목은 〈Restart〉라며, 음악을 관두고 싶었을 때에 만든 곡이라 했다. 내가 과연 음악만 하고 살 수 있을까 하는 회의에 깊이 빠졌을 때에 만들었다 했다. 격정적이었다. 음악만 하고 살아가는 일은 불가능할지도 모른다는 의문이 자기 자신을 궁지로 몰아세웠을 때에, 그는 그것에 대해 대답을 찾으려 하지 않았고 그 심정을 작곡을 하는 것으로 응답했다. 화가 난 듯도 하고 초조한 듯도 한, 도망치듯 달려가는 듯한 느낌의 연주였다. 내가 사랑하는 이 기타가 나에게 아무 성공도 안겨주지 못할 것이 뻔하고, 밥 한 끼도 해결해주지 못할 정도로 무능해 보이는데, 그런데도 나는 과연 음악을 계속 해야만 할까. 마코토 오카자키는 이런 의문들 앞에서 대답을 대신하여 새 음악을 만들었다. 리셋버튼을 누르기 위해서.

새로 생긴 꿈

낯선 나라로 여행 갈 준비를 하다, 사전을 사야겠다 마음먹었다. 길에서 핸드폰을 꺼냈다가는 소매치기들의 표적이 되기 십상이며 표지판과 안내문에 영어 병기가 되어 있지 않은 나라라고 하니, 아는 단어 몇 개로는 아무것도 못할 것만 같았다. 책으로 된 포켓사전이라도 챙겨가야겠다고 생각했다.

인터넷을 뒤져보았지만 인기 없는 나라의 인기 없는 사전 따위에 서지 사항이 자세할 리 없었다. 크기와 무게와 편찬한 이에 대한 간략 정보가 다였다. 미리 보기 같은 것은 기대할 수도 없었다. 직접 펼쳐 보고 골라야겠다 싶어서 서울의 한복판에 있는 대형 서점을 방문했다.

서가 한 칸 정도에 그 나라 말로 된 사전류가 꽂혀 있었다. 발음기호가 적혀 있는 것은 모두 벽돌처럼 두껍고 무거웠다. 배낭 안에 넣어가기에는 아무래도 부담스러웠다. 포켓용은 발음기호가 적혀 있지 않아 내게 적합하지 않았다. 이만한 대형서점에서도 내가 원하는 사전을 살 수 없구나 싶어 난감해졌다. 찾는 사람이 거의 없어서 그리 된 일인 줄은 알지만, 한 나라의 가장 큰 서점에서도 살 수 없는 사전에 대해 답답한 마음이 들었다.

서점을 나와 근처 커피집에 앉아 눈발이 날리는 골목을 내다보다가, 새로이 꿈 하나를 꾸게 됐다. 사전만 전문적으로 갖춘 작은 서점을 운영해보고 싶다는 꿈. 누가 내 꿈을 대신 이룬다면 그것도 무척이나 기쁠 것 같다.

동네 병원

대기실에는 번호표를 손에 든 감기 환자들이 꽉 차 있었다. 한 명씩 호명되면, 진찰실 앞의 대기 의자에 가서 앉았다가, 진료실 문이 열리면 의사를 만나러 들어갔다. 창구에 앉아 있는 간호사들은 틈틈이 환자들에게 주사를 권했다. 질병을 막아주는 예방주사, 피부가 좋아지는 주사, 기력을 회복해주는 주사, 영양을 한꺼번에 보충해주는 주사 등. 주사를 광고하는 포스터들이 한쪽 벽을 가득 메웠다.

진료실에서 내 이름을 불렀고 마침내 의사 앞에 앉았다. 간호사는 체온을 잿다. 의사는 내 편도선을 살폈고, 청진기를 등에 대고 내 숨소리를 들었다. "독감을 예측할 수 있어요" 하고 말했다. "하지만 열이…" 하고 내가 말을 잇자마자, 의사는 "열이 나지 않는다면 감기를 예측할 수도 있고요" 하고 말했다.

진료실을 나서자, 창구에서 노인이 항의를 하고 있었다. 진료도 안 하고 진료비를 청구하느냐며 따졌다. 간호사는 진료실에서 의사 선생님을 뵙고 나왔으면 그게 진료라고 설명했다. 노인은 의사가 말만 했지 아무것도 하지 않았다고 항변했고, 간호사는 의사의 말이 곧 진료라고 다시 설명했다. 노인은 처방전을 손에 든 채, 허탈하게 웃으며 내 앞을 지나갔다.

노인이 원하는 진료는 무엇이었을까. 조금 더 정성스레 몸상태를 살펴봐 주는 것이었을까. 내가 원하는 것은 무엇이었을까. 내가 증상을 말할 때 제대로 들어주는 것. 더 궁금한 게 있느냐고 한 번 정도 질문해주는 것. 이 최소한의 소통마저 박탈당한 채 병원을 나서지 않는 것 정도였다.

이틀 밤

포항에서 이틀 밤을 잤다. 하루는 대학교 기숙사 게스트하우스에서, 하루는 시내에 있는 여관에서. 기숙사는 추웠고, 여관방은 더웠다. 두 숙소 모두 난방조절장치가 없었다. 적정 온도를 유지할 수 있는 다른 방법을 직접 찾아내야 했다.

기숙사에서는 자다 일어나 물을 끓였다. 뜨거운 물을 페트병에 가득 담은 다음, 이불 속에 넣고 다시 잠을 청했다. 이불 속은 곧 훈훈해졌다. 여관방에서는 이불을 걷어찼고 입고 있던 잠옷도 벗어야 했다. 입이 자꾸 말라서 찬 물에 흠뻑 적신 수건을 머리맡에 두어야 했다. 방은 밤새 점점 더 뜨거워지기만 했다. 추위에 떨었던 방은 무료였고, 더위에 갑갑했던 방은 유료였다. 추위의 과잉에 대해서는 다스리는 방법을 잘 알고 있었지만, 더

위의 과잉에 대해서는 속수무책이었다.

한겨울 버스는 과도한 난방 때문에 얼굴이 달아오를 정도고, 한여름 버스는 과도한 냉방 때문에 입술이 파래질 정도다.

이스탄불의 무더위 속을 부지런히 돌아다니다가, 냉방이 잘 되는 찻집을 찾기 위해 방황하던 기억이 떠올랐다. 도심 어디에도 에어컨을 가동하는 찻집이 없었다. 유리문을 꼭 닫고 있는 스타벅스가 눈에 띄었고, 그리로 들어갔다. 과연 시원했다. 아니, 이내 추워져서 카디건을 꺼내 입었다. 결국 그날 감기에 걸렸다.

펫의 시대

'귀엽다'라는 인물평을 꽤 광범위하게 사용한다. 연인이나 배우자를 칭찬할 때도, 소탈한 어르신에게도. 푼수 떠는 사람에게도, 허술한 사람에게도. 사람의 매력은 사실 다양하다. 누군가는 위엄이 있어서 매력적이며, 누군가는 따뜻해서, 누군가는 예리해서 매력적이다. 진솔하거나 열정적이거나 품이 넓거나 섬세하거나 뚝심 있거나 은은하거나…….

그런데 이런 유의 매력들을 자연스럽게 발산하는 사람을 튀는 사람 취급한다. 재수 없는 사람으로 낙인찍는다. 그래서 유연한 대인관계를 위해, 자신의 개성 위에 적절한 애교를 조미료처럼 가미하는 행동이 저마다의 몸에 배었다.

누군가가 사나운 속물근성을 보여도, 진정으로 망가진 행동거지를 해도, 예의를 지키지 않아도 애교만 가미되면 귀엽다는 말로 너그러워지곤 한다.

동물들의 모든 새끼는 갓 태어났을수록 귀엽다. 그 귀여운 모습은 누군가의 사랑을 얻어 보호를 받기 위한 생존전략이다. 일종의 구조신호라 할 수 있다. 한번쯤은 귀엽다는 말을 들어봤을, 귀여울 리 없는 원래의 나도 그때 그랬을 것이다. 나를 보호해 줄 준거집단에 이질감 없이 소속되고 싶으며 배제되고 싶지 않다는 안간힘으로, 그때 구조신호를 보냈던 것이다.

우정과 인맥

언젠가부터 우정이 우정이 아니다. 안부는 이전보다 더 자주 묻고, 대화에 맞장구는 이전보다 더 강도가 높아졌지만. 너무 쿨한 것 아닌가 싶다가도 이 쿨한 관계의 암묵적 합의를 혼자서 깰 수는 없어 그러려니 한다.

내가 누군가에게 하나의 인맥으로 관리되는 느낌 또한 지울 수가 없다. 스마트폰을 손에 들고 안부를 주고받고 약속을 정하지만, 득이 되는 사람을 만나느라 바쁜 와중에 소중한 사람은 점점 멀어져 간다. 소중한 사람이라는 것이 득이 되는 사람과 같은 뜻이 됐다. 소중한 사람이 되고 싶다면 이익을 줄 수 있는 역량을 키우는 게 차라리 나을지 모르겠다.

얼마 전, 한 후배가 어떤 사람이 좋은 친구냐고 내게 물었다.

예전이라면 금세 답했을 걸 며칠을 생각하다 말했다. 진심으로 걱정해서 해주는 쓴소리가 달게 느껴지는 사람이 친구인 것 같다고. 그런 사람이 있느냐고 후배가 다시 한번 질문할까 봐 조마조마했다.

쓴소리를 해주는 친구가 부재해서라기보다는 쓴소리를 진심 어리게 잘할 자신이 없는 내 문제가 크기 때문이었다. 후배는 인맥이 넓은 사람이 좋은 친구 아니냐고 웃으며 내게 말했다. 그 웃음이 야릇했다. 쓴소리 따위에 연연하지 말고 철 좀 들라는 충고를 내게 넌지시 하는 듯했다.

감사하는 마음

피아노를 보았다. 내가 있던 도시에서 내가 원하는 도시로 이동하기 위해 하룻밤 경유하려고 들렀던 빈에서였다. 숙소의 거실에 놓여 있던 낡은 피아노였다. 들어설 때부터 주인장은 마치 친할아버지처럼 두 팔 벌려 손님을 환영했다.

직접 담갔다는 와인과 직접 만들었다는 쿠키를 내어주었다. 테라스에 앉아 한참 이야기를 나누었다. 음악의 도시 빈에 대해 엄청난 자부심을 가진 할아버지의 여러 설명이 즐거웠다. 피아노로 다가가 먼지가 자욱하게 앉은 뚜껑을 열었다. 흰 건반 하나를 눌러보았다. 조율 상태가 엉망인 것으로 보아 손대지 않은지 아주 오래된 것임이 틀림없었다.

1분 정도 피아노를 쳤다. 할아버지가 올라오셔서 박수를 쳤다. 예의 그 자부심에 찬 눈빛으로, 그 피아노는 딸의 것이라고 했다. 피아노를 전공했지만 지금은 관둔 지 오래됐고 결혼을 해서 피아노와 상관없이 살아가고 있어 애석하다고 말해주었다. 딱 1분 피아노를 치는 것으로 할아버지와 나는 서로 경계심을 완전히 풀고 제법 다정하게 하루를 지냈다. 난생처음 만나 딱 하루 만을 스칠 노인의 단순한 질문들에 온순한 대답을 하다 보니 문득 한 사람이 몹시도 그리워졌다.

어떤 아이가 피아노 연주를 하는 걸 처음 본 건 네 살 때였다. 엄마에게 피아노를 배우게 해달라고 졸라댔다. 교습소의 선생님들은 모두 다섯 살이 되면 다시 오라고 나를 거절했다. 피아노를 배우기 위해서 나는 일 년을 기다렸다. 매일매일 다섯 살이 되는 것만 생각했을 정도였다. 다섯 살이 되던 해의 삼월에, 천주교회에서 운영하는 유치원의 방과 후 수업에 참여했다. 복도에 앉아 유치원 언니 오빠들의 교습이 끝나기를 기다렸다가 긴장된 마음으로 피아노 앞에 처음 앉았다. 손에서 난 식은땀이 흰 건반 위에 꺼멓게 맺혔다. 수십 번이나 같은 실수를 하면서 계속 연습했지만 잘되지 않았다. 나를 지켜보던 선생님은 한숨을 쉬었다. 그 한숨 소리를 듣자마자 나는 울음을 터트렸다. 첫 피아노 선생님의 수녀복 앞자락이 흥건해질 때까지 나는 선생님에게 달라붙어 엉엉 울었다.

문방구에서 종이건반을 사와 매일매일 필요 이상의 연습을 했다. 피아노로 쳐보고 싶은 음악이 있었기 때문이었다. 바이엘로, 체르니로 빠르게 진급했다. 엄마에게 피아노를 사달라고 졸라대기 시작했다. 열 살이 되었을 때 우리 집에도 피아노가 찾아왔다. 대구에서 출발한 피아노가 내가 살고 있던 경주의 변두리 동네까지 오고 있을 것을 생각하니 더 이상은 기다리고만 있을 수가 없었다. 나는 잠옷 바람으로 대문 바깥에 나가 쪼그리고 앉아 있었다. 조금씩 조금씩 큰길로 나아갔고 흙길을 벗어나 집에서 한참이나 떨어진 사거리까지 잠옷 바람으로 피아노 마중을 나갔다. 내가 집에 다시 돌아왔을 때 피아노는 이미 우리 집에서 나를 기다리고 있었다. 피아노 뚜껑을 열어 맨 처음 한 일은 가장 높은 음의 흰 건반을 들어 올려 옆면의 나무재질에 그날의 날짜와 내 이름을, 볼펜을 꾹꾹 눌러 써두는 일이었다.

서울에 올라와 새로운 피아노 선생님을 만났다. 그 선생님은 자기 집에서 피아노를 가르쳤다. 작은 방 두 개에 각각 두 대의 피아노가 있었고, 안방에는 교자상을 펼쳐놓고 아이들을 불러 모아 간식과 주스를 나누어주었다. 음악가들에 대해, 음악과 관련된 여러 용어들에 대해 둘러앉아 공부했다. 나는 선생님이 들려주는 음악가 이야기를 좋아했다. 재미있고 극적으로 풀어내는 선생님의 이야기를 들으며, 예술가의 생애가 눈부신 부분만 있는 것은 아니며 어느 정도의 불행을 모두가 감내하며 살아갔다는 것도 어렴풋하게나마 처음 알게 되었다.

그 집은 교습소나 학원이 아니었다. 그냥 우리 집처럼 집이었다. 찾아가 현관에서 신발을 벗는 순간부터 편안하게 놀 수 있고 새로운 세계에 대한 이야기를 경청할 수 있고, 낮잠도 잘 수 있고 간식도 먹을 수 있는 또 하나의 집이었다. 피아노를 배우는 일은 내게는 덤이었다. 선생님은 또 한 명의 엄마였다. 말을 잘 듣지 않아도 혼을 내지는 않는다는 점에서라면 엄마보다 더 좋았다. 손톱이 길어 피아노 치는 데에 방해가 될 때 선생님은 손수 손톱을 깎아주셨고, 연습하라는 곡을 연습하지 않고 좋아하는 곡을 몰래 연습하면 빼꼼히 문을 열고 들여다보며 씨익 웃기만 하셨다.

연말마다 발표회를 열어 동네 사람들에게 우리 실력을 보여

줄 수 있도록 했고, 이런저런 콩쿠르에 아이들을 데리고 참가하기도 했다. 콩쿠르의 결과가 좋았는지 나빴는지 객관적인 사실은 전혀 기억이 나질 않지만, 매번 아주 좋은 결과를 얻었다고 우리들은 모두 뿌듯해했다. 언제나 너무너무 잘했다고 선생님이 진심으로 기뻐해주셨기 때문이었다.

고등학생이 되고부터 나는 더 이상 피아노에 손을 대지 않았다. 갖고 있던 피아노도 사라져버렸다. 하지만 스물 몇 살이 될 때까지 자주 선생님과 만났다. 어쩔 땐 밥벌이를 할 수 있도록 아르바이트를 주선해주시기도 했고, 어쩔 땐 암울하게 살아가는 나를 위로해주고 맛있는 걸 사주시기도 했다.

그 선생님 앞에서 나는 농담을 잘하는 아이였다. 무슨 말을 하든 깔깔 웃어주었고 재미있다고 말해주셨기 때문에 나는 재미있는 아이가 될 수 있었다. 선생님의 눈치를 살핀 적도 없고 불편해해본 적도 없었다. 선생님은 언제고 나를 아주 근사한 사람으로 여겨주었다. 나한테만 그렇게 한 것이 아니라 모든 아이들에게 그렇게 대했다. 그 선생님은 아직도 먼 발치의 엄마처럼 배후에서 함께 살고 계신다. 그 선생님 때문에 내가 타인으로부터 사랑을 받을 수 있는 사람이라는 걸 느꼈다.

살아오면서 많은 사람을 잃었고 서로 멀어져 갔다. 그럼에도 타인으로부터 사랑을 받을 수 있는 사람이라는 낙관 하나가 아직도 내게 보존돼 있다.

빈에서 나는 선생님에게 주소를 알려달라고 몇 년 만에 문자를 보냈고, 그 주소로 엽서를 보냈다. 피아노를 발견한 숙소 이야기를 적었다. 이제는 1분어치밖에 기억을 못 하게 됐지만, 피아노 의자에 나란히 앉아 가르쳐주셨던 그 곡에선 선생님의 느낌이 아주 생생했다. 내가 가장 엉망으로 치던 그 부분을 따로 체크해서 선생님은 내게 백 번 정도만 반복해보라고 하셨다. 백 번은 무시무시한 횟수였지만, 십여 번을 넘어가면서부터는 내가 내는 소리들이 능란해져 가는 걸 느낄 수 있어 짜릿했다. 기어이 완전해질 때까지 쾌락적으로 다가갈 수 있는 횟수에 불과했다. 그 이후로 선생님은 내게 그 곡을 쳐보라고 말하지 않고 쳐달라고 부탁처럼 말씀하셨다. 그러곤 내 옆에 가만히 앉아 내가 치는 피아노 소리를 완전하게 귀 기울여 들어주셨다.

가장 아무것도 아닌 12월

신식 농부였던 아버지는 입동 무렵이면 잘생긴 구상나무 한 그루를 구해 거실 한 귀퉁이에 세워두셨다. 다락에 기어올라가 오너먼트가 담겨 있는 커다란 상자를 꺼내와서 구상나무에 장신구를 매다는 일은 세 남매의 몫이었다. 오너먼트들을 하나하나 호명하며 가장 어울릴 만한 자리에 달아주었다. 구상나무의 정수리에 별 모양의 오너먼트를 다는 일은 막내가 맡았고 맨 마지막으로 크리스마스 전구에 불을 켜는 일은 맏이가 맡았다. 근사하다며 박수를 쳐주는 일은 아버지의 몫이었다.

바깥에서 친구들과 뛰어놀다 해 질 무렵 집에 들어가는 길이 여느 때처럼 아쉽지가 않았다. 거실 창문에서 알록달록 빛을 내는 크리스마스트리의 어른거림을 쳐다볼 수 있기 때문이었다.

그렇게 여러 날을 보내면 크리스마스이브였고, 그다음 날은 마침내 크리스마스였다. 일어나자마자 세 남매는 내복 바람으로 구상나무에게 기어갔다. 나무 아래에는 곱게 포장을 한 선물 세 상자가 어김없이 놓여 있었다. 자기 이름이 써진 선물을 손에 들고 포장지를 벗겼던, 해마다의 그날 아침. 달력을 넘겨 12월이라는 커다란 글자를 보게 될 때마다 나는 아직도 그날들을 떠올리며, 친구들에게 구상나무와 세 남매의 이야기를 해주곤 한다.

"그때 선물이 뭐였어?", "산타 할아버지가 줬다고 생각했어?" 친구들의 질문은 한결같았다. 세 남매는 산타 할아버지가 그 시골까지 찾아올 것을 전혀 기대하지 않았다. 산타가 찾아와서 주고 간 선물이 아니라 부모가 장만해준 선물이라는 사실에 실망 같은 걸 해본 적도 없었다. 선물은 대개 생활용품이었다. 칫솔, 내복, 양말, 수저세트 같은 것들. 그 즈음에 어차피 부모가 장만해주어야 했을 것들. 선물이 겨우 그런 것들이라서 시시하다고 생각해본 적도 물론 없었다.

나는 크리스마스 선물로 받은 칫솔로 더 자주 이를 닦았다. 칫솔꽂이에서 내 색깔의 칫솔을 꺼내 들 때마다 생각했다. '이건 크리스마스 선물이지!' 하고. 옷장 서랍에서 꺼낸 내복에 목을 넣고 팔을 넣던 겨우내 크리스마스 추억을 한 번 더 떠올렸다. 그 수저가 놓인 밥상에 앉는 일을 더 기쁘게 생각했다. 반찬보다 수저에 더 눈이 갔다. 아무것도 아닌 선물들만 받았다고 친구들은 깔깔 웃으며 금세 내 얘기를 시시하게 여겼지만, 사실 시시했지만, 시시하다는 사실은 별로 중요하지 않았다.

갖은 스케줄을 빼곡하게 적어두고 손과 눈이 닿는 곳에 두는 내 탁상달력을, 더 이상 뒷 페이지가 없는 마지막 12월로 넘길 때에 미세하게 긴장이 된다. 무얼 하며 지내야 할지에 대해 유난스레 골똘해진다. 멋진 계획 아래에서 멋진 추억을 남기며 지내본 적이 없으면서, 해마다 12월에는 나의 스케줄에 대해 야릇한 긴장감을 갖게 된다. 나에게 꼭 멋진 일이 일어날 것만 같고 온누리에 크리스마스 전구처럼 반짝이는 기적들이 도래할 것만 같은 착각도 없이, 마지막 남은 한 달이라는 사실만으로도 애틋해진다. 너무 애틋해서 아무 약속도 정해두지 않은 채로 한 달을 혼자서 조용히 지내고 싶기까지 하다.

어느 해에는 무더운 곳에서 지냈다. 여름에 그곳에 찾아가 이듬해 봄이 되었을 때에 집으로 돌아왔다. 시월의 어느 날에, 훤

칠한 야자수가 가로수로 심어진 길을 걸으며 상점들을 구경했다. 걷기만 해도 땀이 줄줄 흐르는 그 거리에도 상점들의 마네킹은 가을 신상을 입고 서 있었다. 도대체 누가 이 무더운 날씨에 가을 옷을 사 입을까 의아해하며 그 거리를 걸었다. 일 년 내내 여름일 뿐인 그 도시도 곳곳에서 가을을 준비하고 있었다. 카페는 가을에 어울릴 음료를 출시했고, 영화관도 가을을 배경으로 한 외국 영화들을 선보였고, 여행사도 가을에 갈 만한 여행지를 추천하고 있었다.

10월도 여름이었고 11월도 여름이었던 그곳에서 잠든 고양이처럼 웅크리고 있는 다른 계절을 곳곳에서 찾아냈다. 미미하지만 일교차가 생기기 시작했단 것도 알아챘다. 눈 뜬 아침, 마룻바닥에는 창문과 햇살이 협업하여 그려놓은 백색의 사각형에 영락없이 가을 아침이 담겨 있었다. 크리스마스트리 아래에 놓여 있던 선물 상자를 끌어안듯, 나는 그 사각형으로 들어가 웅크리고서 모닝 커피를 마셨다. 아무도 모르는, 누군가에게 말해주어도 시시할 뿐인 그 작은 조각의 가을볕을 아침마다 즐겼다. 어떨 때는 그 사각형 안에 칫솔이나 이태리타월 같은 걸 놓아두고 외출했다.

길을 걷다 영락없이 스콜이 쏟아져 처마 아래나 나무 아래에서 비를 긋고 있을 때였다. 살갗을 드러낸 팔뚝과 목덜미가 쌀쌀한 기온에 먼저 놀라 기척을 냈다. 카디건이 가방 속에 있었으면 좋았을 텐데 싶어졌다. 그날은 옷가게들을 여기저기 방문해서 가을 냄새가 물씬 풍기는 카디건을 장만했다. 스산한 목덜미를 감쌀 만한 머플러도 한 장 장만했다.

방글라데시였던가. 영상 4도의 한파에 많은 인구가 동사했다는 뉴스를 집한 적이 있다. 영하 14도는 족히 내려갔을 혹독한 겨울에, 그 희안한 소식이 해외토픽으로 보도되었다. 나에게 방글라데시는 그 후로 '영상 4도'의 혹독한 추위가 있는 나라가 되어 있었다. 내가 있던 도시는 말레이시아의 쿠알라룸푸르였지만, 딱 그런 조건이었다. 영상 4도가 찾아올 리도 없지만 만약 찾아온다면 사람들이 얼어 죽을 수도 있는 도시. 한낮에는 땀을 뻘뻘 흘려야 마땅할 무더위지만, 아침저녁의 쌀쌀함은 스웨터와 카디건과 트렌치코트 정도는 꺼내 입어야 할 도시였다. 가을이 가고 겨울이 찾아올 때 즈음에는 더러 귀마개를 하고 장갑을 낀 사람도 눈에 뜨였다. 온도계가 가리키는 것은 그래도 여전히

여름에 해당할 숫자였지만, 온도계가 계절을 알려줄 수 없다는 것을 그 도시에서 처음 피부로 느꼈다.

그때 그 도시에서 겨울 여행을 떠나기로 작정을 하고 여행사를 찾아갔다. 그들이 추천하는 겨울 여행지들을 살펴보다가 타만 네가라에 눈길이 갔다. 야자수가 쭉쭉 뻗고 눈부신 포말이 모래사장에 닿는 풍경 아래에서 비키니를 입고 파인애플주스를 먹는 휴양지 사진은 쿠알라룸푸르를 벗어나라는 유혹으로 가득 차 보였다면, 검푸른 강물에 릴낚시를 하는 어부들과 강가에 수상가옥이 띄엄띄엄 자리잡은 타만 네가라는 쿠알라룸푸르의 옛날로 더 깊숙하게 들어와보라는 유혹 같았다. 비상식량들을 한껏 배낭에 챙겨넣고 타만 네가라로 가는 버스를 탔다. 보트를 갈아타고 또 미니버스를 타면서 찾아간 그 정글에서 12월을 거의 보내고 다시 도시로 돌아왔다.

그해 12월, 타만 네가라에서 내가 한 일은 아무것도 없었다. 산책을 하다가 카멜레온을 만나면 숨죽여 그를 관찰했고, 카멜레온에게 달려들어 껴안고 뒹구는 그 동네 아이들을 부러운 눈빛으로 지켜보았고, 한밤중에는 크리스마스트리처럼은 아니지만 알록달록한 형광빛을 뿜어대는 전갈과 버섯을 만났다. 아침에는 강가에 쪼그리고 앉아 차가운 강물을 한 컵 떠서 양치를 했고, 한낮이 되어서야 비로소 따뜻해진 강물 속에 들어가 머리를 감고 목욕을 했다. 낮은 너무 더워 나무 그늘 아래 해먹에서 낮잠을 자야 했고, 밤은 너무 추워 두꺼운 점퍼를 꺼내 입고 양말을 챙겨 신어야 했다.

강가에 사는 아이들과 조금씩 친해질 수 있게 됐을 때 크리스마스를 맞았다. 그 동네 사람들도 일찌감치 크리스마스 전구를 바나나 나무 같은 것에 친친 감아두었고 창가엔 산타 양말을 걸어두었다. 가장 인기가 있던 식당 주인 내외가 크리스마스 파티를 한다며 동네 사람들과 여행자들을 초대했다.

나는 식당집 아이들에게 줄 선물을 생각했다. 선물을 살 수 있는 가게는 트래킹을 하러 오는 사람들을 위한 리조트의 기념품 가게가 유일했다. 거기서 파는 기념품들은 어쩌다 일생에 한 번 그곳을 들르는 사람들이나 신기할 뿐이었으므로, 나는 강가에 나가 가장 예쁜 돌멩이를 몇 개 주웠다. 돌멩이 위에 한 글자짜리 우리말을 볼펜으로 그려넣었다. 꿈. 숨. 숲. 풀. 밤. 밥. 길. 커다란 낙엽을 주워 포장을 했고 밥풀로 포장을 봉했다. 선물을 받은 아이들은 기뻐했다. 아이들과 밤새워 한 음절짜리 단어들을 주고받으며 즐거워했다.

또 12월이 다가온다. 다가온다고 적으니 벌써부터 긴장이 감돈다. 물론 가장 아무 것도 아닌 12월이 될 것이다. 가장 아무 것도 아닌 선물을 또 누군가에게 줄 것이고 받을 것이다. 가장 시시한 일을 하며 가장 시시하게 지낼 것을 알면서도 해마다 12월은 무작정 설렌다. 왜 그런가를 따져보고 싶지는 않다. 다만, 가장 시시함에도 가장 설렐 수 있다는 것은 무조건 축복이고 무조건 내게는 기적이나 다름이 없으니까.

경험

어떤 제안을 받았다. 재미있을 것도 같아서 승락을 했다. 큰 기대를 했거나 한번쯤 경험해보고 싶다며 기대하던 일은 아니었다. 굳이 거절할 이유는 없고 안 해본 경험이라 조금쯤 호기심도 있었다.

그 일을 그리하여 하게 됐고, 그다지 즐겁지는 않았다. 지루했고 시간만 버린 듯한 느낌이었다. 다시는 이런 일은 하지 말아야겠다고, 스스로에게 일러두듯 생각을 해두었다. 일러두듯 생각해두지 않으면 명심하지 못할 게 뻔하다. 겪고 나서야 거절할 일이었다는 걸 뒤늦게 알아채는 나 자신이 늘 못마땅했는데, 이제는 경험하지 않고서는 미리 헤아리지 못하는 게 나의 특징이려니 한다. 두 번씩 반복하는 일만 없길 바란다.

어쩌면 인생 전체가 이런 시행착오로만 이루어져 있을지도 모른다. 죽는 날까지 경험할 필요 없는 일들만을 경험하며 살다가 인생 자체를 낭비했다는 걸 뒤늦게 깨달을지라도, 커다란 후회는 안 해야겠다 생각한다. 수많은 인생 중에 시행착오뿐인 인생도 있을 테고, 하필 그게 내 인생일 뿐이었다고 여길 수 있었으면 한다. 대신, 같은 실수가 아닌 다른 실수, 같은 시행착오가 아닌 새로운 시행착오, 겪어본 적 없는 낭패감과 지루함을 경험할 수 있었으면 좋겠다.

빛나는 경험이라는 게 따로 있다는 걸 이제는 안 믿는다. 경험이란 것은 이미 비루함과 지루함, 비범함과 지극함을 골고루 함유하기 때문이다.

한마디를 이해하는 밤

지난 크리스마스에는 사방이 크리스마스 나무로 둘러싸인 숲속에서 보냈다. 매일매일 함박눈이 왔고 높이높이 그 하얀 눈이 쌓여갔다. 화이트 크리스마스라는 것은 손꼽아 기다리는 게 아니라 내가 직접 찾아가면 틀림없이 맞이할 수 있는 것이었다. 긴긴 밤에, 안토니오 다 코레조가 1518년에 그렸다던 막달라 마리아와 예수가 마주보는 성상화를 표지로 삼은 《나를 만지지 마라》를 펼쳐 읽었다. 장 뤽 낭시가 성서의 한 대목을 해석한 에세이다.

“나를 만지지 마라”는 요한복음의 한 문장이다. 부활한 예수

를 처음 만난 막달라 마리아에게 예수가 했던 한마디 말이었다. 이 한마디의 말이 어떤 의미를 지녔는지를《나를 만지지 마라》는 탐구하고 있다. 이 한마디 말이 도대체 어떤 의미를 지닌 말인지를 알아야 예수의 부활이 어떤 의미인지를 질문해볼 수 있으며, 삶과 죽음의 갈림길에서 우리가 얻을 수 있는 지혜란 무엇인지를 질문해볼 수가 있다. 그러기 위해서는 직접 마주쳐서 목격을 하게 된 마리아의 상태를, 그러니까 실재 부활한 자의 모습으로 나타난 죽은 예수의 모습을 본다는 것은 어떤 의미인지를 먼저 알아야 한다. 그러기 위해서는 본다는 것, 이미지라는 것에 대해서도 먼저 이해를 하고 있어야 한다. 실재가 되어 출현된 부활을, 그 출현의 의미를 어떻게 해야 과잉이 아니고 무지가 아니게 이해할 수 있을까. 낭시는 이 이야기를 육체와 만짐, 거리두기와 다정함, 사랑과 진리, 그리고 떠남과 다가감의 행위를 이해하는 쪽으로 문장을 진행한다. 나는 '나를 만지지 마라'라는 당부 같기도 하고 명령 같기도 하고 선언 같기도 한, 이 이상한 한마디를 서서히 이해하게 되었다.

책을 다 읽고 덮었을 때, 가장 성스러웠던 시간에 대해 생각했다. 내게 다가와 있던 성스러운 시간이 아니라 이미 나를 스

치고 지나가버린 성스러웠던 시간에 대해 생각했다. 꼬깃꼬깃 접혀서 일 년 내내 창고에 보관되었다가 12월이 시작되면 꺼내 알록달록한 전구를 친친 감는, 플라스틱으로 만든 가짜 크리스마스트리 옆에서가 아니라, 온 세상의 폭설을 모든 가지와 잎새로 받치고 있는 진짜 나무들의 늠름함 속에서 화이트 크리스마스를 맞았다.

먹먹하고
막막한 사람에게

올해를 어떻게 보냈어요? 앞에 앉은 사람에게 질문을 받았다. 둘러앉은 모두에게 던진 질문이었다. 서로에 대해 잘 알지는 못하지만, 같이 무언가를 도모해보고자 만난 자리였다. 옆에 앉은 이에게 당신은 열심히 산 것 같아 보인다고, 그 흔적을 많이 지켜보았다고 말을 꺼냈더니 그 사람은 정색을 한다. 일을 너무 많이 해서 힘들었다고. 다시는 그렇게 바쁘고 싶지 않다고. 한 사람의 겉과 속을 얼핏 엿보게 되자 마음이 먹먹해졌다.

올해는 나에게 없었던 셈 치고 싶다고 나는 고백했다. 너무나 막막해서 방황 말고는 할 수 있는 게 없었던 나날이었다고 말했다. 둘러앉은 사람들은 서로를 잘 알지는 못해도 서로의 말에 고개를 끄덕였고 묵묵하게 듣기만 했다.

집에 돌아와 너무 무거운 고백을 했다는 자책이 생겼다. 12월 31일 밤에는 몇 시간을 꼬박 책상 앞에 앉아 한 해 동안 내가 했던 일들을 수첩에 적어보았다. 적으려고 종이에 연필을 대고 있자니, 머리나 감정에 대한 것이 아니라, 내가 손과 발을 써서 했던 일들만을 적었다. 세세하고 쩨쩨한 것들까지 한없이 적게 됐다.

내가 방황만 했던 게 아니었다는 걸 비로소 나 자신에게 증명할 수 있었다. 기억하던 습성이 한 가지 방향으로 나를 왜곡하고 있었음을 알게 됐다. 기억술은 그토록 항진력을 지니는 몹쓸 속성이 있었다. 한번 시작된 왜곡을 멈추는 힘을 글을 쓰는 일에서 얻는다. 몹쓸 한가지 방향에서 자연스럽게 곁가지들이 생겨나고, 생각해오던 습성 바깥으로 생각이 뻗어나가게 된다. 가까스로 자신이 살아온 시간을 건사할 힘을 얻게 된다.

무엇보다 나는 내 살림을 잘 돌봤다. 죽어가던 식물들과 새로 들어온 식물들을 잘 돌봤고, 그들이 새잎을 밀어낼 때마다 기뻐할 줄 알았다. 국을 끓이고 찌개를 끓였다. 맛있게 먹을 줄 알았다. 새로운 요리에 도전하기도 했고 요리를 해서 친구들에게 먹이기도 했다. 많은 글을 썼고 돈을 벌러 바쁘게 다녔다. 오래 고민만 해오던 새로운 일을 시작했으니 모험을 감행했다 할 수 있다.

무엇보다 거절을 열심히 했다. 거절하지 못하고 어영부영 찜찜해하며 해왔던 일들에 대해, 경쾌하고 단호하게 거절하여 나다움을 지켰다. 그런 개운함과 단출함 속에 있었던 적은 처음이었다. 이 단출함이 낯설어 괜시리 더 막막한 기분이 들었던 걸까. 헤아려보자, 막막함조차 물리친 더 단출한 자리에 야릇한 명랑함이 찾아왔다. 비로소 정갈하게 한 해를 떠나보낼 수 있게 되었다.

올해엔 사람을 만나면 카페나 술집이 아니라 길에서 만나자고 말해보고 싶다. 같이 걷자고 제안하고 싶다. 마주 앉아서, 어떤 말을 주고받아도, 감추고 싶은 욕망을 서로에게 슬그머니 들키고야 마는 눈빛이 아니라 나란한 걸음걸이를 겪었으면 싶다. 골목을 걷고 작은 가게를 기웃거리고. 숲속을 걷고 호숫가를 한 바퀴 돌고. 대화가 아니라 걸음으로 함께 하는 시간. 같은 장소를 걸으며 우리의 육체가 함께 감각하는 미세한 결들을 내년 12월 31일에는 수첩에 한없이 적어내려 갈 수 있었으면 한다.

말이 지닌, 그 부실함과 허약함과 손쉬움을 모르는 척하는 허약한 연결이 아니라 같은 경험과 같은 감각을 쌓아가는 결속을 만들고 싶다. 정말이지 말밖에 안 보이는 세상이다. 우리가 해댄 산더미 같은 말들로부터 우리가 입은 내상들이 훤히 보이는 세상이다. 이 먹먹함 속에서 조금 더 막막해지자는 새해 인사를 건네본다. 말이 아니라 발로써 자신을 증명해보자고 새해 인사를 건네본다.

일러스트

임 진 아

일상의 우연한 순간을 그리거나 쓰고 있습니다.
머물고 있는 그림은 누군가의 어느 날과 닮아 있을지도 모릅니다.

imyang.net

나를 뺀 세상의 전부

1판 1쇄 발행 2019년 1월 5일
1판 5쇄 발행 2023년 2월 10일

지 은 이 김소연
펴 낸 이 신혜경
펴 낸 곳 마음의숲

대 표 권대웅
편 집 김도경 윤소현
디 자 인 유미소
마 케 팅 노근수

출판등록 2006년 8월 1일(제2006-000159호)
주 소 서울시 마포구 와우산로30길 36 마음의숲빌딩 (창전동 6-32)
전 화 (02) 322-3164~5 | 팩스 (02) 322-3166
이 메 일 maumsup@naver.com
인스타그램 instagram.com/maumsup
용지 (주)타라유통 인쇄 · 제본 (주)에이치이피

ISBN 979-11-6285-020-6 (03810)

* 값은 뒤표지에 있습니다.

* 이 도서의 국립중앙도서관 출판예정도서목록(CIP)은 e-CIP홈페이지(http://www.nl.go.kr/ecip)와 국가자료공동목록시스템(http://www.nl.go.kr/kolisnet)에서 이용하실 수 있습니다.
(CIP제어번호: CIP2018040951)